»Irgendwas mit Rosen« und »Onkel werden ist nicht schwer« wurden erstmals veröffentlicht in: »Ein Ziegelstein für Dörte« (erweiterte Taschenbuchausgabe), Ullstein Taschenbuch, 2010

Verlag Voland & Quist, Dresden und Leipzig, 2013

Umschlaggestaltung: HawaiiF3, Leipzig
Korrektorat: Annegret Schenkel, Leipzig
Satz: Fred Uhde, Leipzig
Druck und Bindung: C.P.I. Moravia, Czech Republic
Tonaufnahmen und Mastering: Audiofenster, Berlin
CD-Produktion: polycopy, Aachen

www.voland-quist.de

Volker Strübing

Das Mädchen mit dem Rohr im Ohr

und der Junge mit dem Löffel im Hals

Verlag Voland & Quist

INHALT

EINHORNKACKE

Es gibt kaum etwas Langweiligeres als Geschichten über Träume; wilde Storys voller Monster und Gefahren oder aber voller Regenbögen und Einhörner, an deren Ende der Erzähler aufwacht und erleichtert oder enttäuscht feststellt, dass es sich wohl nur um einen Traum gehandelt habe. Die vermeintlich originelle Pointe besteht stets darin, dass der Protagonist aufsteht und prompt in ein Häufchen Einhornkacke ... oh oh, war es vielleicht doch mehr als ein Traum?

Ich träume weder von Monstern noch von Einhörnern, ich träume dafür gerne von Flugzeugabstürzen. Besser gesagt: Ich träume oft von Flugzeugabstürzen, was wohl bedeutet, dass irgendetwas in mir es sehr gerne tut. Es ist keineswegs immer derselbe Traum. Mal bricht das Flugzeug in der Luft auseinander, mal fliegt es irgendwo gegen, mal stürzt es ganz klassisch ab. Von der Propellermaschine bis zum Jumbojet ist alles dabei; für Abwechslung sorgen gelegentliche Hubschrauberunglücke. Ich habe es sogar schon geschafft, mit Straßenbahnen oder Schiffen aus allen Wolken zu fallen.

Wie es sich gehört, wache ich kurz vor dem Aufprall auf – der Tag, an dem dies nicht geschieht, wird der Tag sein, an dem ich weiß, dass es diesmal kein Traum ist.

Schön sind solche Träume natürlich nicht. Letztens war es sogar besonders schrecklich, da zur eigentlichen Katastrophe noch eine Komplikation hinzukam und ich mich zudem nach dem Aufwachen gleich im nächsten Alptraum wiederfand. Aber der Reihe nach.

Ich war gerade auf dem Weg nach Hongkong. Also eigentlich war ich natürlich in meinem Bett und schlief, und außerdem war ich eigentlich gar nicht auf dem Weg nach Hongkong, sondern nach Leipzig, und ich hatte auch gar nicht fliegen, sondern mit dem Zug fahren wollen. Als ich mir jedoch für die Fahrt am Bahnhof eine Flasche Wasser kaufen wollte, musste ich feststellen, dass diese 2,50 Euro kostete – 2,50 für einen halben Liter Wasser – das war zu viel, nicht mit mir, Sportsfreunde! Zumal mir Thilo Sarrazin, den ich zufällig vor dem Wasserregal getroffen hatte, den Tip gab, dass Wasserflaschen in Hongkong nur 49 Cent kosteten. Dann hatte er sich in meine alte Russischlehrerin verwandelt und ein paar Vokabeln abgefragt, und ich war schnell davongerannt, um den Flieger nach Hongkong nicht zu verpassen – wenn ich gleich zwei Flaschen Wasser kaufte, würde ich mehr als vier Euro sparen!

Es war mein erster Flug mit einem A380, und wenn ihr mal die Gelegenheit habt, mit so einem Ding zu fliegen, dann lasst euch das nicht entgehen! Der Wahnsinn! Im Inneren ist mehr Platz als in den meisten Bahnhofshallen, es gibt Geschäfte und einen kleinen Park; Rolltreppen führen in die anderen Stockwerke, und wegen seiner Länge hat er in der Mitte ein Gelenk wie ein Schlenkibus. Ich konnte kaum glauben, dass ich mich in einem Flugzeug befand, bis ich eins der Schiebefenster öffnete, den Kopf hinaussteckte und am Rumpf entlangschaute.

Vom Start hatte ich nichts mitbekommen. Inzwischen hatten wir die Reiseflughöhe erreicht und waren unterwegs nach Australien. Hongkong und Leipzig waren vergessen; wen interessierten schon Wasserflaschen, wer wollte schon nach Leipzig? Ich musste nach Australien, wo (aus Gründen, die im Traum nicht näher erläutert wurden), diese Woche der Poetry Slam im Friedrichshainer Rosi's Club stattfand.

Ich hatte mir gerade einen Kaffee im Bordbistro geholt und war auf den Weg zur Schwimmhalle, als der Absturz begann. Wir wurden wild hin- und hergeschüttelt, und ich griff nach einer dieser Lederschlaufen, wie man sie aus Bussen kennt.

Für einen Moment klammerte ich mich an die absurde Hoffnung, es handele sich wieder einmal nur um einen Traum, doch dann trieb Spongebob Schwammkopf an einer Traube Diddl-Maus-Ballons hängend an mir vorbei, und mir wurde klar, dass das alles viel zu realistisch für einen Traum war.

Ich würde also sterben. So weit, so gut beziehungsweise schlecht, auf alle Fälle so bekannt.

Doch es gab ein Problem: Ich hatte meinen Kaffee noch nicht bezahlt.

Mir blieben nur noch Sekunden, um ins Bordbistro zurückzurennen und dies nachzuholen; es war absolut notwendig, vor dem Tod noch diesen Kaffee zu bezahlen, so viel stand fest, auch wenn ich nicht wusste, warum. Mein Gott, weshalb konnte ich nicht einfach in Ruhe abstürzen, sondern musste mich jetzt auch noch um diesen Mist kümmern?! Noch zwanzig Meter zum Bordbistro – vor dem Fenster konnte ich bereits die oberen Stockwerke von Häusern vorbeirauschen sehen –, noch zehn Meter, verdammt, das wurde knapp! Ich erreichte den Tresen in dem Augenblick, in dem das Flugzeug auf den Bo… Ich wachte auf.

Und landete im nächsten Alptraum. Doch diesmal war es nicht mein eigener. Eben noch hatte ich dem Tod ins Auge geblickt, jetzt schaute ich in die wütenden Augen meiner Freundin, die sich über mich beugte und meine Schulter boxte.

»Du mieser Schuft!«, sagte sie.

»Aber ich wollte den Kaffee doch bezahlen!«, verteidigte ich mich.

»Häh, welchen Kaffee? Red dich nicht raus! Schuft!«

»Dir auch einen guten Morgen!«

Ich war daran gewöhnt, unmittelbar nach dem Aufwachen seltsame Gespräche mit ihr zu führen. Erst einige Tage zuvor hatte sie mich mit verschlafenen Augen angeguckt und gefragt: »Hast du schonmal versucht, mit einem leeren Blatt Papier in eine Moschee zu gehen?«

Ich hatte ihre Frage wahrheitsgemäß verneint, woraufhin sie den Kopf geschüttelt hatte: »Ach so. Dann warst du das auch nicht, der die Andy-Warhol-Statue zerstört hat.«

Ihre Augen waren zugeklappt, und einen Moment später hatte sie wieder so niedlich geschnarcht, wie es nur die eigene Freundin kann.

Dass sie mich böse anstarrte, boxte und einen Schuft nannte, brachte eine höchst unwillkommene Abwechslung in unsere morgendlichen Begegnungen auf dem schmalen Grat zwischen Wachen und Träumen.

»Guten Morgen!«, höhnte sie. »Dein ›Guten Morgen‹ kannste dir sparen!«

»Hey, hör mal, ich bin gerade abgestürzt, kannst du nicht …«

»Abgestürzt! So kann man's auch nennen! Schieb nur alles auf den Alkohol!«

»Darf ich jetzt bitte wissen, was ich angeblich getan habe?!«

»Na gestern, auf der Party!«

»Welche Party? Du hast geträumt.«

Sie zögerte kurz, runzelte die Stirn und redete etwas unsicher weiter: »Na Ivos Party! Mit fünf Frauen hast du rumgemacht, mit fünf!«

Daher wehte also der Wind.

»Kannst du dir vorstellen, wie beschissen ich mich gefühlt habe?«, schimpfte sie weiter. »Und dann kommt die eine Tussi auch noch an und sagt, ich soll mich mal nicht so haben, schließlich machen doch alle mit dir rum, und es sei total schön, mit dir rumzumachen!«

»Ähm, das klingt, als hättest du versehentlich einen Traum erwischt, der eigentlich für mich bestimmt war«, sagte ich und grinste, was mir einen weiteren Hieb auf die Schulter einbrachte. »Hey, hör auf, mich für Sachen zu boxen, die ich nur in deinem Traum gemacht habe! Gestern war keine Party!«

Sie runzelte die Stirn, scheinbar schien sie sich langsam an den Gedanken zu gewöhnen, dass sie tatsächlich nur geträumt hatte – was natürlich kein Grund war, mir zu vergeben: »Ich werde das schon nicht ohne Grund geträumt haben! Und was war mit deinem Absturz? Mit wem hast du da rumgemacht?«

»Das war auch ein Traum, und ich bin mit dem Flugzeug abgestürzt! In Australien!«

»So ein Quatsch. Was wolltest du denn in Australien?«

»Ähm … Blumen kaufen. Für dich!«

»Und wieso nicht im Blumenladen um die Ecke?«

»Ähm ... weil man hier nirgends Blumen kriegt, die deiner Schönheit gerecht werden.«

»Ohhhhh ... und da bist du extra nach Australien geflogen ...«

»Ja, naja, also eigentlich wollte ich ins Rosi's ... aua, Mensch, hör auf, mich zu boxen!«

»Du Schuft! Das Rosi's! Da war Ivos Party!«

»Och Mensch, ich hab dir gestern Abend erzählt, dass ich demnächst zum Slam ins Rosi's gehe, und da haben wir das beide in unsere Träume eingebaut ...« Aber da hatte sie sich schon auf die Seite gedreht und schnarchte wieder so niedlich, wie es nur die eigene Freundin kann. Und als sie das nächste Mal aufwachte und sagte: »Das mit dem Einhorn und der Apfelsaftschorle war so lieb! Danke schön!«, war ich so klug, nicht nachzufragen, sondern nur »Für dich tu ich doch alles« zu flüstern. Dann träumte ich noch ein wenig mit offenen Augen von einer Welt, in der auf Partys alle Frauen mit mir rummachen, stand schließlich auf – und trat in ein Häuflein Einhornkacke. Oh, oh.

PIZZA VEGETARIA

Es war der sprichwörtliche Tropfen, der das Fass zum Überlaufen brachte. Nein, es war eher der Apfel, der Newton beziehungsweise in diesem Falle mir, auf den Kopf fiel. Wobei der Apfel in diesem Falle kein Apfel, sondern eine Tiefkühlpizza Vegetaria war, beziehungsweise eben gerade *keine* Tiekühlpizza Vegetaria, und sie fiel mir auch nicht auf den Kopf, sondern *nicht* in den Einkaufswagen, denn sie war ausverkauft.

19.30 Uhr bei Kaiser's in der Pappelallee im Prenzlauer Berg war die Tiefkühlpizza Vegetaria ausverkauft – es war wie im Osten! Das große Versprechen der Marktwirtschaft – die sofortige Befriedigung aller Konsumwünsche – war gebrochen, was blieb da noch, an das man glauben konnte? Wie sollte man da noch ruhig und friedlich bleiben! Da hatte man *einmal* Appetit auf eine Tiefkühlpizza Vegetaria – und ich hatte wirklich Appetit auf vegetarische Pizza, es ging mir nicht um Tierschutz oder die Umwelt, denn dann hätte ich jetzt jedes Recht gehabt, diese Gründe innerlich frohlockend über Bord zu werfen und mit einem »Ich wollte ja mein Konsumverhalten ändern!« auf den Lippen eine mit dünnen Scheiben Massentier belegte Pizza und vielleicht noch ein Kilo Shrimps aus thailändischer Aquakultur zu holen, aber nein, ich hatte wirklich Appetit darauf, einmal im Monat kommt das vor, und ausgerechnet heute hatten diese scheiß Prenzlauer Berger mir alle vegetarischen Tiefkühlpizzen vor der Nase weggefressen!

Diese blöden Yuppies, diese Medienpupnasen und Anwaltsgattinnen, was wollten die überhaupt mit Tiefkühlpizza, warum fraßen die nicht die abgepackten Sushihäppchen, die es neuerdings bei Kaiser's gab? Was wollten die überhaupt bei Kaiser's? Warum setzten sie sich nicht in ihre dickärschigen SUVs und fuhren damit zum Bio-Supermarkt?! »Wir sind die Guten und retten mit Sojamilch, Neulandfleisch und viel Gemüse die Welt!« – Blödsinn! Die kaufen das Zeug doch nur, weil ihnen jemand erzählt hat, dass es besser für ihre ach so wertvollen Körper sei und besser schmecke, vor allem aber, weil es so schön teuer ist – man muss sich schließlich standesgemäß ernähren und vom Pöbel abheben! Und wenn ihnen jemand einreden würde, es stamme aus nachhaltiger Bewirtschaftung, sei garantiert frei von Zusatzstoffen und außerdem gerade schwer angesagt, dann würden sie wahrscheinlich auch *Kinderfleisch* essen.

Nur von glücklichen Kindern natürlich, mindestens aus Bodenhaltung, man hat ja moralische Prinzipien. Und schonend geschlachtet sollten sie werden, weil Stress und Angst das Fleisch zäh machen. Da kennen die nichts! Wer seine eigenen Kinder in Tausend-Euro-Kinderhumvees durch die Gegend schiebt und mit Kinderschokoladen von den Kindersklavenplantagen in Afrika füttert, der kann auch gleich fremde Kinder essen!

So oder so ähnlich schimpfte ich vor mich hin, als ich mit meiner Ersatzpizza »Totes Tier« zur Kasse ging und als dann so eine Stulpennulpe in der Schlange vor mir gefühlte fünf Minuten nach ihrer Kreditkarte wühlte, um ein in drei Zentner Plaste eingeschweißtes Häppchen Bio-Rucola zu bezahlen, und als dann auch noch der gepflegt backenbebartete Szenestrubbelkopf mit hochgeschlagenem Mantelkragen die Verkäuferin losschickte, um ihm eine Flasche Aperol aus dem abgeschlossenen Schnapsregal zu holen, und als dann auch noch ein abgerissener Alkoholiker feststellte, dass sein Pfandbon nicht ausreichte, um ein Päckchen Ja!-Magenbitter und zwei Bier und einen Tetrapack Rotwein und zwei Brötchen sowie eine Büchse Hering in Tomatensauce zu bezahlen – was zu einem Storno seitens der Kassiererin und langwierigen Prioritätsüberlegungen seitens des Obdachlosen und der letztendlichen Absage an die Brötchen und den Rotwein führte

– und als sich dann auch noch hinter mir drei Arschlöcher um die dreißig mit einem Sixpack Ekelbeck's anstellten und ich schon vor mir sehen konnte, wie sie das nachher auf der Straße leeren und die Flaschen auf den Fahrradweg schmeißen würden, und als dann auch noch die Nachbarkasse öffnete und die drei Arschlöcher sowie mehrere weitere Idioten aller Art sich dort anstellten und lange vor mir abkassiert waren, weil meine Kassiererin gerade noch einmal kurz weggegangen war, um einer H&M-verpackten, klapperdürren Runzelbarbie Ende fünfzig für ihre gesammelten Treueherzen den Prämien-Edelstahl-Nudeltopf zu holen, da fasste ich den Entschluss, Serienmörder zu werden.

Mein erster Impuls war gewesen, Amok zu laufen, aber dieses Amokgelaufe war ja doch eher so ein Teenie-Ding, und ich war ja nun auch schon über vierzig. Zudem verlangte die Dramaturgie eines Amoklaufs als Schlusspunkt den Tod des Täters, und das sah ich überhaupt nicht ein!

Nein, Serienkiller, das ist genau das Richtige für mich. Serienkiller sind mittlerweile ja beinahe Popidole – nur die erfundenen Serienkiller natürlich, da echte Mörder oft reichlich unsympathisch oder sogar langweilig sind. Im Gegensatz zu den aus Fernsehserien, Filmen, Comics und Bestsellern bekannten Superstars der Serienkillerei stopfen sie ihren Opfern keine Larven in die Münder, liefern sich keine hochintelligenten Spielchen mit dem ermittelnden Kommissar und suchen sich die Morddramaturgie auch nicht in der Bibel zusammen.

Ich aber, ich würde es machen wie die Killer in den Bestsellern, würde mir irgendwas Besonderes einfallen lassen, ein Markenzeichen. Vielleicht sollte ich die Herzen meiner Opfer zuhause in Einmachgläsern aufheben? Es gab so viele Möglichkeiten.

Klar, mir fehlte ein aufregender Background, eine gruselige Geschichte, um mein Psychopathendasein zu rechtfertigen. Hollywoods freundlichster Serienmörder Dexter aus der gleichnamigen Fernsehserie kann immerhin darauf verweisen, dass er mit drei Jahren mit ansehen musste, wie seiner Mutter mit einer Kettensäge der Kopf abgesägt wurde, das war schon ein besserer Grund als: »Die Pizza Vegetaria war alle, und dann hat es an der Kasse auch noch so lange gedauert!« Andererseits – hey, das war wenigstens nachvollziehbar, irgendwie bodenständig, etwas, womit sich jeder identifizieren konnte, nicht so eine gequirlte Drehbuchscheiße …

»Ach, ich glaube, ich nehme doch nicht den Nudeltopf, sondern den Wok«, sagte die Frau vor mir, und die Verkäuferin quälte sich erneut aus ihrer Kasse, um den Topf wegzubringen. Ich aber blieb ganz ruhig – und prägte mir vorsichtshalber das Gesicht der Frau ein.

Und als die Kassiererin endlich meine Pizza und eine Flasche Wein über den Scanner zog, den Preis nannte und wissen wollte, ob ich »die Herzen« sammle, antwortete ich das erste Mal in meinem Leben auf diese Frage mit: »Ja!«

IRGENDWAS MIT ROSEN

Ich saß schon am Frühstückstisch und las Zeitung, als meine Freundin in die Küche kam.

»Morgen, Schatz«, murmelte ich ohne aufzusehen.

»Morgen«, sagte sie und klang irgendwie giftig, sodass ich nun doch eine Ecke der Zeitung herunterklappte und sie anschaute. Sie guckte … verärgert.

»Was ist denn los?«, fragte ich.

»Nüscht. Alles prima!«, fauchte sie.

»Na bestens.« Ich vertiefte mich wieder in den Wirtschaftsteil.

»Hab heute Geburtstag.«

»Ach so! Tut mir leid«, sagte ich und legte die Zeitung beiseite. »Also, tut mir leid, dass ich es auf diesem Wege erfahren muss, meine ich. Herzlichen Glückwunsch. Ich bring heute Abend Blumen mit.« Ich stand auf, ging zu ihr hinüber und gab ihr einen Kuss auf die Stirn, dann setzte ich mich wieder und griff nach der Zeitung. Etwas schlug mir gegen die Stirn und polterte dann auf den Boden.

»Aua! Hast du gerade den Müslikarton nach mir geworfen?«

»Sei froh, dass es nicht das Brotmesser war.«

»Aber Schatz, was ist denn los? Du bist doch nicht etwa sauer, weil ich deinen Geburtstag vergessen habe, oder?«

»Ach wo«, sagte sie.

»Na dann ist ja gut«, sagte ich und nickte zufrieden.

»Du bist ein Arsch, ich hasse dich, und ich werde dich verlassen, du mieser Schuft.«

»Ähm, hör mal, Schatz …«

»Nenn mich nicht Schatz!«

»Hör mal, Schnuppel, ich muss in zehn Minuten los, aber heute Abend reden wir darüber, und du wirst sehen, dann wird alles gut. Wenn ich von der Arbeit komme … beziehungsweise vom Kickern, wir kickern doch heute, 'n paar alte Kumpels und so, aber dann … naja, ich bin dann wahrscheinlich ziemlich müde und besoffen, aber gleich morgen früh, also wenn ich Kaffee getrunken und Zeitung gelesen habe, du weißt ja, dass ich morgens erstmal meinen Kaffee und meine Zeitung brauche, bevor mit mir was anzufangen ist … hey, leg doch bitte die Butter wieder hin – aua!«

»Du bist doch echt das Letzte!«

»Ja, du hast ja recht. Ich ändere mich, versprochen!«

Sie warf die Arme in die Luft. »Oh mein Gott, wie oft ich diesen Satz in den letzten drei Jahren gehört habe! *›Ich ändere mich, Schatz, ich ändere mich!‹* Und dann bist du einfach noch ein bisschen scheißer geworden!«

»Na das ist doch auch eine Veränderung, ich habe also Wort gehalten!«, versuchte ich, die Situation mit einem Scherz zu entspannen. »Hör mal, ich weiß gar nicht, was das jetzt soll. Ich meine, du kennst mich doch. Und du wusstest genau, worauf du dich mit mir einlässt!«

»Pah! Von Anfang an hast du mich verarscht und beschissen!«

Seufzend erhob ich mich, griff mir ein Blatt von der Küchenrolle, um die Butter vom Ohr zu wischen, dann ging ich in mein Zimmer. Nach kurzem Wühlen im Schreibtisch hatte ich gefunden, was ich suchte, und kehrte in die Küche zurück.

Heutzutage lernen sich Männer und Frauen ja üblicherweise im Internet kennen, aber wir haben uns noch auf ganz klassische, romantische Weise gefunden: per Anzeige in der Zeitung. Und jetzt war ich sehr froh darüber, ihr meine Annonce unter die Nase reiben zu können.

»Hier, ich lese es dir gerne noch mal vor:

> M (36), sucht W (Alter egal, solange man es Dir nicht ansieht). Ich bin ein extremer Egozentriker mit starken emotionalen Defiziten, weshalb *Du* besonders viel Gefühl mit in die Beziehung bringen solltest. Du

erwartest keine Liebesschwüre und kannst es akzeptieren, die Nr. 3 in meinem Leben zu sein – gleich nach der Arbeit und den Kumpels. Zudem solltest Du genau wie ich sehr harmoniesüchtig sein. Ich sage immer: Der Tod schlichtet alle Meinungsverschiedenheiten, warum sollen wir uns also die Lebenszeit mit Streiten verderben? Du bist die Frau, die akzeptiert, dass ich bin, wie ich bin und die mich deshalb …

– ha, pass auf, jetzt kommt's! –

… die mich deshalb einen Tag *vor* ihrem Geburtstag an diesen erinnert oder sich nicht beschwert, wenn ich ihn vergesse.
Außerdem solltest Du Spaß am Sex haben oder mich zumindest in dem Glauben lassen. Du liebst stundenlange Vorspiele? Gerne doch, weck mich einfach, wenn Du damit fertig bist, ich übernehme auf der Zielgeraden.
Wenn das alles gut für Dich klingt und Du zudem kein Problem mit meinem generellen Desinteresse an allen Gesprächen, die Gefühle, Kinder und Zukunftsplanung betreffen, hast, gerne kochst, massierst und mich verwöhnst, dann melde Dich unter Chiffre …

und so weiter und so fort.

Du kannst mir viel vorwerfen. Aber nicht, dass ich unehrlich wäre.«

Sie riss mir die Zeitungsseite aus der Hand und starrte darauf. »Hier!«, sagte sie und schlug mit dem Handrücken gegen das Blatt.

»Er (36) sucht Sie. Ich wäre gern der Mann, der Dich auf Rosen bettet, bin ich doch selbst wie eine Rose. Zart und doch mit Dornen bewehrt, um unsere Liebe zu schützen …

Das ist die Anzeige, auf die ich geantwortet habe. Die Chiffrenummer ist ganz ähnlich.«

Wir starrten uns an.

»Die haben meinen Brief an den falschen Typen weitergeleitet«, heulte sie. »Ich fasse es nicht!«

»Drei Jahre …«, sagte ich.

»Wegen eines verdammten Zahlendrehers …«

»Und ich hatte mich noch gewundert, dass die ganzen Frauen in ihren Briefen irgendwas von Rosen gefaselt haben, aber ich dachte halt: So sind die Frauen nun mal, da kannste nüscht machen … oh … meinst du, dass alle Briefe, die ich gekriegt habe …«

»Scheiße, na klar. Die waren alle für den! Und die arme Sau hat wahrscheinlich tonnenweise wüste Beschimpfungen von Frauen zugesendet gekriegt, die eigentlich dir gegolten haben! Mit wie vielen Frauen hast du dich eigentlich getroffen damals? Das habe ich dich nie gefragt…«

»Nur mit dir, Schatz. Du warst mein erstes Date, und ich fand dich ganz okay und so. Weißt du, ich bin nicht der Typ, der, wenn er, weeß icke, einen Sack Kartoffeln will, durch zig Läden rennt und Preise und Qualität vergleicht – hey, stell doch bitte die Vase wieder hin – aua!«

Was soll ich noch erzählen? Es kam, wie es kommen musste. Unser dreijähriger Prozess gegen die Zeitung hat uns richtig zusammengeschweißt. Von dem Schmerzensgeld haben wir uns dann ein schönes Häuschen gekauft und einen Sekretär eingestellt. Der erinnert mich an ihren Geburtstag – und sagt mir Bescheid, wenn er mit dem Vorspiel fertig ist …

EINSZWEIDREIVIEREINSZWEI-EINSZWEIDREIVIER

Eins. Zwei. Drei. Vier. Eins. Zwei. Eins. Zwei. Drei. Vier. Und noch mal: eins. Zwei … und so weiter und so fort, immer derselbe stumpfe Rhythmus. Vier Sekunden lang die Griffe nach oben drücken, zwei Sekunden halten, vier Sekunden langsam absetzen. Und wieder und wieder und wieder. Monotonie wie am Fließband, und ich stecke mittendrin in dieser seelenlosen Maschinerie, im Augenblick, um genau zu sein, am Gerät C3 im Fitnessstudio in der Storkower Straße.

Fitnessstudios sind zutiefst verabscheuungswürdige Einrichtungen: Tempel der Ego-Religion, in denen wir Bescheidenheit, Anstand, Geist und Güte opfern. Schlimmer noch: Sie sind die Vorboten und Experimentierstuben der nächsten und finalen Stufe der Selbstversklavung des Menschen im Kapitalismus. Man versucht nicht einmal mehr, es zu verbergen: Eine dieser Anstalten bei mir um die Ecke nennt sich »Body Factory« und trotzdem fällt – außer mir – scheinbar niemandem auf, dass es sich bei Fitnessstudios um nichts anderes handelt als um Fabriken, in denen die Arbeiter dafür bezahlen, an den Maschinen arbeiten zu dürfen!

Merkt denn niemand, worauf das hinausläuft? Die Fitnessstudios sind nur der Testlauf; schon bald wird man dieses Prinzip auf die gesamte Wirtschaft ausweiten. Das ist simple Marktlogik: Arbeitsplätze sind begehrt, alle wollen Arbeitsplätze, warum also sollte man Arbeitsplätze nicht *verkaufen*? Die Fitnessstudios haben gezeigt, dass es geht. Die Arbeiter selbst haben den Präzedenzfall geschaffen, als sie anfingen, ihr Geld in diese Körperfabriken zu tragen, um die Maschinen bedienen zu dürfen. Warum soll Opel für die Benutzung seiner Werkbänke nicht dasselbe zustehen wie McFit?

Und die Revolution hat längst auch die geistige Arbeit erfasst. Dem Hirnlumpenproletariat wird es nicht anders ergehen: Was das Fitnessstudio für das produzierende Gewerbe ist, sind Facebook, Twitter und Co. für das fabulierende: Wir bezahlen durch das Angucken von Werbung für die eigene fleißige Mitarbeit an all diesen Plattformen, deren einziger Wert in unserer fleißigen Mitarbeit besteht. Wir investieren ungezählte Arbeitsstunden in Fotos, kleine Alltagsgeschichten und 140-Zeichen-Essays, mit denen wir die Inhaltemaschinen füttern – Mark Zuckerberg ist mit über einer Milliarde Angestellten der größte Arbeitgeber der Welt! Mit welchem Argument kann ich als Autor einem Verlag noch meine Kreativität verkaufen, wenn ich sie Facebook *schenke*?

Wie auch immer: Ich gehe selbst ins Fitnessstudio. Man sollte meinen, dass ein vernünftiger Mensch wie ich einen großen Bogen um diese Fettgewebskrematorien macht, doch als Weiser unter Narren tut man gut daran, nicht aufzufallen, weshalb ich mich nun auch regelmäßig in eine der Knochenmühlen der Fitnessindustrie schleppe.

Die üblichen Muckibuden kommen natürlich nicht infrage. Zu offensichtlich ist der Hauptzweck dieser Einrichtungen: die Auslöschung auch noch der letzten Spuren von Restintelligenz bei ihren Kunden. Man setzt dazu auf schreckliche Musik und Bildschirme, auf denen n-tv oder n24 laufen, Sender für die Sorte Hirngurken, denen ihre eigene Flachgeistigkeit nicht einmal mehr bewusst ist, die sich für informiert halten, weil sie diesen mit sinnlosen Aktienkursen und hechelnden Breaking-Umgekippter-Reissack-News-Laufschriften untertitelten Dünnschiss in die unter der Masse ihrer Egos zu schwarzen Löchern kollabierten Seelen sickern lassen, in die Jauchegruben der dunklen Materie ihrer lieblosen Herzen, auf den Kompost ihres vermodernden Geistes. Dann doch lieber Leute, die sagen: Klar bin ich doof, gebt mir RTL 2!

Zum Glück gibt es eine Fitnessstudiokette, die auf Berieselung verzichtet, in der man mit dem gebotenen Ernst und der angemessenen Traurigkeit dem gesellschaftlichen Zwang zur Körperertüchtigung nachgehen kann: Kieser Training, das Altenheim unter den Fitnessketten, der Seniorenfolterkeller, das Skoliosepatientenpurgatorium, die Sterbestube des Fitnesskults. Meine Großeltern haben noch Marmelade gemacht und im Garten gegrubbert und Patiencen gelegt und die ganze Zeit ihre dritten Zähne so niedlich im Mund hin- und hergeschoben und Hühnerfrikassee gekocht – klassisches Oma-und-Opa-Zeug; ihnen wurde die Gnade des frühen Todes zuteil; sie durften nach einem Leben voller Arbeit Feierabend machen, durften einfach nur alt sein, damals, bevor der Fitnesswahn auch noch den letzten röchelnden Greis befiel.

Vorbei! Fit for Friedhof! Auf zum Kieser-Training, Lahme dieser Erde! Immer schön in Form bleiben, wofür auch immer, der einzige vorstellbare Grund wäre doch wohl ein Volkssturmeinsatz im nächsten totalen Krieg – Sport Heil!

Und denkt daran: Wenn ihr es hier nicht mehr packt, werdet ihr zur Wassergymnastik strafversetzt, der wirklich allerletzten Station vor dem Grab, man könnte auch sagen, zur letzten Waschung! Ich habe so etwas vor einiger Zeit einmal beobachten müssen: Man hatte den Senioren noch das letzte bisschen Würde genommen; sie mussten sich solche langen, bunten Schwimmwürste zwischen die Beine stecken; die Enden standen vor und hinter ihren Köpfen aus dem Wasser; die alten Leute erinnerten verblüffend an Quietscheentchen, wie sie da im Kreis durchs Wasser latschten. Am Beckenrand stand eine junge Frau und zählte immerzu von zehn bis eins, sie sprach dabei in ein Headset, das aber offenbar *mit nichts verbunden war*, weshalb sie die Zahlen brüllen musste, um die Schlagermusik zu übertönen, mit der das würdelose Spektakel beschallt wurde; ihre Stimme erinnerte mich an meinen alten Ostsportlehrer, damals, als bei mir zuhause noch DDR war, der mich beim F1-Übungshandgranatenweitwurf im Sportunterricht mal angeschrien hat: »Jetzt wärste tot!«, bevor er mir eine Fünf ins Klassenbuch eintrug.

Ich gehe also zum Kieser Training. Hier in den Hallen der schlurfenden Toten ziehe ich meine Runden, hier gehöre ich zur muskulöseren, jüngeren, knackigeren Hälfte des Publikums, hier sind Erfolgserlebnisse garantiert. Ich suche mir jemanden mit der Konstitution von Montgomery Burns und folge ihm auf seinem Rundgang. Oft ist es eine alte Frau, die keuchend ihren Rollator von Gerät zu Gerät schiebt, und wenn sie stöhnend von einer der Folterbänke rollt, schenke ich ihr einen ebenso mitleidigen wie verachtungsvollen Blick und lege ein gut und gerne um ein Viertel oder sogar die Hälfte höheres Gewicht auf. Ein geiles Gefühl. Triumph, Überlegenheit, Übermenschentum, zweimal die Woche werde ich für eine Stunde zum Nazi. Blöd, wenn die Oma dann doch nicht ganz so klapprig war, aber das passiert nur selten.

Die Angestellten sind sehr freundlich, sie merken sich die Namen aller Mitglieder, obwohl sich das bei den meisten kaum noch lohnt, und tragen stets dieses sympathische, traurige Lächeln, wie man es von Krankenschwestern auf der Kinderkrebsstation kennt.

Epilog

Eins. Zwei. Drei … pfffttt! Ich gebe auf, lasse die Griffe los, die Gewichte knallen nach unten. Eine Oma im rosa Trainingsanzug hilft mir auf die zittrigen Beine, reicht mir ihren Eiweiß-Energy-Drink und leiht mir ihren Rollator, bevor sie den Stift aus der 20-Kilo-Scheibe zieht, ihn in die achtzig steckt und das Gerät in Beschlag nimmt. Ich nicke dankbar und schiebe mich schwer atmend in die Umkleidekabine. Als ich wieder zu Kräften gekommen bin, checke ich als Erstes meine Mails auf dem Handy. Eine neue Nachricht: »Sehr geehrter Herr Strübing, vielen Dank für ihren Textbeitrag über das Kieser Training, der uns zum Schmunzeln, aber auch zum Nachdenken und auf eine Idee gebracht hat. Gerne veröffentlichen wir ihn in einer der nächsten Ausgaben unserer Zeitschrift. Das Honorar beträgt 200 Euro. Bitte überweisen Sie den Betrag umgehend an …«

Ich hasse mein Leben.

KAFKAS KOFFER

»Ich kaufe nichts, und ich will auch nicht über Gott sprechen!«, schnauzte ich die beiden Idioten an, die mich aus dem Mittagsschlaf geklingelt hatten. Als ich ihnen die Tür vor der Nase zuschlagen wollte, stoppte sie der größere der beiden mit seiner Möbelträgerpranke. Er schüttelte den Kopf.

»Nicht über Gott sprechen, soso«, sagte der andere, ein abgebrochenes Männchen mit Mantel und Hut. »Worüber denn dann? Über Allah? Über den Propheten?«

»Über Odin?«, grunzte der Schrankwandtyp und trat drohend einen Schritt nach vorn. Das Männchen legte ihm beruhigend eine Hand auf den Rücken. »Am besten, Herr S., Sie lassen uns erst einmal herein«, sagte er zu mir.

»Das werde ich selbstverständlich nicht tun!«

Die beiden glotzten sich an. »Hui, das fängt ja gut an. Widerstand gegen die Staatsgewalt ...«

»Welche Staatsgewalt?«

Sie griffen in ihre Manteltaschen, holten irgendwelche Plastikkarten mit Bundesadler hervor und fuchtelten mir damit kurz vor dem Gesicht herum. »Schrader mein Name, Staatsschutz, und das hier ist mein Kollege Schlobach. Lassen Sie uns jetzt herein, oder bestehen Sie auf einer Zuführung durch ein SEK?«

***

Schrader fixierte mich mit leicht zusammengekniffenen Augen über den Küchentisch hinweg, Schlobach – Grobschlacht, wie ich ihn insgeheim getauft hatte – saß neben ihm und grabbelte mit seinen Wurstfingern ungeniert in meiner Obstschale.

»Darf ich vielleicht erfahren, worum es geht?«, fragte ich, kleinlauter, als ich eigentlich wollte. Schrader antwortete nicht.

»Was habe ich denn getan?«

Er seufzte: »Sehen Sie, Herr S., das ist genau die Frage, die uns umtreibt. Was haben Sie getan? Oder auch: Was *planen* Sie zu tun? Wir hatten gehofft, Sie könnten ein wenig Licht in diese Angelegenheit bringen.«

»Wie bitte? Ich habe Mittagsschlaf gehalten. Und ich plane, einkaufen zu gehen, sobald wir das hier hinter uns gebracht haben.«

Schrader grinste. »Sehr witzig«, sagte er. Und, zu Grobschlacht: »Ein echter Scherzkeks, nicht wahr?!«

»Lange nicht mehr so gelacht«, brummte Grobschlacht ohne eine Miene zu verziehen.

Ich rutschte unruhig auf meinem Stuhl herum. »Sagen Sie doch bitte einfach, was mir vorgeworfen wird! Sicher ist es nur ein Missverständnis oder eine Verwechslung!«

»Herr S., wenn wir wüssten, was Sie getan haben oder zu tun beabsichtigen, dann säßen wir nicht hier in Ihrer Küche beim gemütlichen Plausch, sondern in Verhörraum drei, und Ihre Hände wären an die Stuhlbeine gefesselt.«

»Ähm, heißt das, mir wird gar nichts vorgeworfen?«

»Noch nicht, Herr S., noch nicht!«

»Und was soll das Ganze dann? Was wollen Sie von mir?«

»Es gab Hinweise. Ein, nun, sagen wir: ›wachsamer Bürger‹ hat uns auf Sie aufmerksam gemacht. Und dem müssen wir natürlich nachgehen. Nicht, dass es am Ende wieder heißt, die Sicherheitsbehörden hätten versagt und Hinweise ignoriert.«

»Ja, gut, aber was für Hinweise denn? Was hat Ihnen dieser ›wachsame Bürger‹ denn über mich erzählt?« Mir fielen eine ganze Reihe Verfehlungen ein, aber beim besten Willen keine, für die sich irgendein Geheimdienst interessieren würde. »Habe ich den Müll falsch getrennt?«

»Haben Sie das, Herr S.?«

»Was weiß ich! Aber Sie sind ja wohl nicht deswegen hier.«

»Nicht direkt, aber selbstverständlich interessieren uns alle Puzzlestücke, die unser Bild vervollständigen könnten.« Schrader nickte seinem Kollegen zu, der aufstand, um meine Mülleimer zu inspizieren. »Aber unser Zuträger hat uns etwas anderes über Sie verraten ...«

»Und zwar?«

Er lächelte. »Immer schön den Ahnungslosen spielen was?! Jaja, nun gucken Sie nicht so, ich habe schon bessere Schauspieler als Sie gesehen! Unser Informant jedenfalls beschreibt Sie als freundlichen, unauffälligen, alleinstehenden Mann, Herr S.!«

»Ja, na und?« Ich brach ab, als sich mir ein bizarrer Verdacht aufdrängte. »Nein! Sie meinen doch nicht ... das kann doch nicht Ihr Ernst ...«

»Hat's klick gemacht? Nach so gut wie jedem Amoklauf, jedem Attentat, jedem im Keller gefangen gehaltenen Kind erzählen fassungslose Anwohner den Fernsehkameras von ihrem ach so freundlichen, unauffälligen, alleinstehenden Nachbarn, dem sie so etwas niemals zugetraut hätten.

Nun, wir trauen jedem alles zu und wollen uns nicht zum Mittäter machen, indem wir eindeutige Warnhinweise ignorieren.«

Ich hörte kopfschüttelnd zu. Was für ein Blödsinn! »Ähm, ich nehme an, Sie wollen mich verulken. Gibt es hier irgendwelche versteckten Kameras?«

»Noch nicht, Herr S., der Antrag liegt noch beim Staatsanwalt.«

»Was?! Hören Sie, beenden wir doch bitte diese Farce! Soweit ich weiß, ist es nicht verboten, freundlich, unauffällig und alleinstehend zu sein!«

»Das nicht. Amokläufe, Terroranschläge sowie das Gefangenhalten von Kindern im Kellern allerdings schon. Und wir wollen doch nicht erst eingreifen, wenn es zu spät ist. Also, was ist es bei Ihnen?«

»Nichts von alledem, verdammt!«

»Schon möglich«, sagte Schrader.

»Klo!«, schnauzte Grobschlacht und hob anklagend seine Hände, mit denen er den Dreck aus den ausgekippten Mülleimern durchwühlt hatte.

»Rechts. Nächste Tür.« Er nickte und verließ die Küche.

»Schon möglich«, wiederholte Schrader. »Aber wir müssen natürlich sichergehen. Wenn ich mich jetzt auf Ihre Beteuerungen verlasse und mich irre ... ich könnte nie wieder schlafen, wenn durch meine Nachlässigkeit Unschuldige zu Schaden kämen.«

»ICH BIN SELBER UNSCHULDIG!«

»Mag sein, mag sein, auch wenn Ihr Verhalten nicht unbedingt dafür spricht. Jeder Unschuldige würde uns auf Knien danken und nach Kräften unterstützen. Schließlich geht es hierbei auch um Ihren Schutz.«

Ich hob abwehrend die Hände. »Aber ich bin ja kooperativ. Und ich weiß, dass Sie eine wichtige Aufgabe erfüllen und alles. Sie sind nur leider bei der falschen Person. Aber gut, machen wir weiter, je eher Sie sich wieder den echten Bösewichtern widmen können, desto besser. Stellen Sie Ihre Fragen, ich werde sie beantworten.«

Schrader nickte und lehnte sich entspannt zurück. »Na also, Herr S., wir wissen das zu schätzen, und es wird sich positiv auf unsere Einschätzung Ihrer Person auswirken. Also dann mal raus mit der Sprache: Womit haben wir es hier zu tun? Sind Sie Islamist? Wollen Sie den Dschihad nach Deutschland tragen?«

»Islamist? Mensch, ich hab nicht mal einen Bart!«

»Hatte Mohammed Atta einen Bart? Für wie blöd halten Sie uns eigentlich? Ist das etwa Ihre Kooperationsbereitschaft?«

»Hören Sie, ich bin kein Islamist. Ich bin ja nicht mal Moslem. Ich glaube ja nicht einmal an Gott!«

»Ah, da kommen wir der Sache schon näher. Atheist also. Religion ist Opium fürs Volk und so. Marx. Also linksradikal, eine neue RAF, ist es das? Hatte ich mir fast gedacht; das deckt sich auch mit unseren bisherigen Erkenntnissen!«

»Was für Erkenntnisse?«

»Ihr Weblog, Herr S., einige Artikel äußern sich kritisch zu Armut, Konsumgesellschaft, Vermögensverteilung und anderen Themen.« Er schüttelte den Kopf, als ich etwas einwenden wollte. »Ich weiß, was Sie sagen möchten. Das sei alles von der Meinungsfreiheit gedeckt, es gäbe keine Aufrufe zur Gewalt oder zum Umsturz und sei sowieso alles vollkommen harmlos. Und im Prinzip haben Sie ja auch recht, aber stellen Sie sich folgende Situation vor: Ein Spaziergänger, von seiner Wanderung ein wenig erschöpft, lässt sich auf einer Parkbank nieder und erfreut sich ein paar Minuten am fröhlichen Spiel einiger Kinder auf einem nahe gelegenen Spielplatz. Was könnte harmloser sein? Wenn dieser Mann nun allerdings im Verdacht stünde, ein Kinderschänder zu sein, würde dieses so friedliche Bild kippen, und wir täten gut daran, unsere Augen nicht zu verschließen. Und leider muss ich Ihnen sagen, dass im Lichte unserer Ermittlungen auch Ihr Weblog nicht mehr ganz so harmlos wirkt …«

»Chef, ich hab was gefunden«, platzte Grobschlacht herein. »Im Schlafzimmer!«

***

»Unfassbar«, sagte Herr Huld, ein Anwalt, den mir mein in solchen Dingen erfahrener Onkel empfohlen hatte, als ich ihm einige Stunden später mein zertrümmertes und verkohltes Schlafzimmer zeigte. »Was genau ist hier passiert?«

»Naja, dieser eine Typ hatte meinen Koffer entdeckt, und plötzlich waren beide der Meinung, das sei eine Bombe. Dann haben sie das Haus evakuiert, und irgend so ein Räumkommando hat ihn in die Luft gejagt. Dabei hatte ich ihnen doch gesagt, dass da nur Dreckwäsche drin ist! Ich wollte ihn sogar aufmachen und es ihnen zeigen, aber der Muskeltyp hat mich zurückgehalten und mir dabei fast den Arm ausgekugelt.«

Der Anwalt nickte. »Na das müssen Sie verstehen, Herr S., die sind natürlich davon ausgegangen, dass Sie sich selbst in die Luft sprengen und die beiden mit in den Tod nehmen wollten, nachdem Sie einmal enttarnt waren.«

»Enttarnt? Ich bin unschuldig!«

»Gewiss, gewiss. Ich will Ihnen doch nur klarmachen, wie das Ganze aus Sicht der Beamten wirken musste – wenn wir Sie verteidigen möchten, müssen wir genau wissen, wie die andere Seite tickt. Also weiter. Sie haben den Beamten im Vorfeld erzählt, das im Koffer nur Dreckwäsche sei. Und was war nun wirklich drin?«

»Dreckwäsche, verdammt! Dreckwäsche! Das hat auch die anschließende kriminaltechnische Untersuchung ergeben, hier, schauen Sie!« Ich kramte in den Formularen, die man mir dagelassen hatte, und hielt ihm eine Seite hin. Er nahm mir den ganzen Stapel aus den Händen und blätterte ihn, gelegentlich die Finger mit der Zunge befeuchtend, durch. Einige Male hielt er inne, verzog den Mund, hob die Augenbrauen oder nickte.

»Tatsächlich«, sagte er schließlich. »Nun, Sie müssen zugeben, dass das schon ein bisschen verdächtig ist. Wo wollten Sie denn mit einem Koffer voller Dreckwäsche hin?«

»Häh? Auf welcher Seite stehen Sie eigentlich? Ich wollte nirgendwohin. Ich bin vor einer Woche aus dem Urlaub zurückgekommen und war bisher zu faul, das Zeug zu waschen. Und selbst wenn ich damit irgendwohin gewollt hätte – na und?! Das ist doch meine Sache! Man kann mit Dreckwäsche schließlich keine Kofferbombe bauen!«

Er runzelte die Stirn. »Sind Sie sicher? Gab es da nicht mal so eine MacGyver-Folge? Na wie auch immer. Auf jeden Fall kann man aus Dreckwäsche und einem Koffer eine vorzügliche Kofferbomben-*attrappe* bauen. Und genau das wird Ihnen nach derzeitigem Stand der Ermittlungen ja auch vorgeworfen, wie ich hier gerade lese.«

Ich konnte ihn nur anstarren und den Kopf schütteln.

»Erschwerend kommt hinzu«, fuhr der Anwalt fort, »dass der Koffer unbeaufsichtigt war …«

»Unbeaufsichtigt IN MEINEM SCHLAFZIMMER!«

Er nickte. »Das ist ja das Schlimme: Im Schlafzimmer einer Person, *gegen die zurzeit Ermittlungen wegen des Verdachts auf die Vorbereitung politisch motivierter Terroranschläge laufen*, eijeijei, da kommt eins zum anderen. Sie wissen schon, wie das aussieht, oder?!«

Komplett irre sah das aus. Ich zwickte mich in die Wange, um endlich aus diesem Alptraum zu erwachen, doch es klappte nicht.

»Und hören Sie bitte auf, sich so nervös im Gesicht herumzufuhrwerken. Wenn Sie das bei einer Vernehmung machen, können Sie sich gleich mit dickem Edding *schuldig* auf die Stirn schreiben.

Bitte, Herr S., reißen Sie sich zusammen, geben Sie mir etwas, womit ich arbeiten kann. Etwas Besseres als: *Ich war zu faul, die Wäsche zu waschen*. Vielleicht hat Ihnen ja jemand den Koffer untergeschoben?«

Ich glotzte ihn fassungslos an. »Warum um alles in der Welt sollte mir jemand einen Koffer mit Dreckwäsche unterschieben?«

»Das Warum ist schon die nächste Frage, Herr S., immer schön der Reihe nach.«

»Es war doch nur ein harmloser Koffer voller Dreckwäsche«, sagte ich matt.

»Natürlich. Und Sie sind nur ein freundlicher, unauffälliger Bürger. Das Problem ist, dass sich ein harmloser mit Dreckwäsche gefüllter Koffer nicht so ohne Weiteres von einer mit Sprengstoff gefüllten Kofferbombe unterscheiden lässt, was ihn ja gerade zu so einer perfekten Kofferbombenattrappe macht. Zwar ist der Besitz eines kofferbombenattrappentauglichen Koffers an sich keine Straftat; aber die Ermittler müssen natürlich die Möglichkeit berücksichtigen, dass Sie ihn dazu verwenden wollten, Sicherheitsmaßnahmen zu testen oder von der richtigen Bombe abzulenken. Herr S., ich will Ihnen nicht verhehlen, dass Ihre Lage verzwickter ist, als Sie vielleicht denken. Es ist nämlich fast unmöglich, zu beweisen, dass ein Koffer einfach nur ein Koffer ist, da er sich in nichts von einer Kofferbombenattrappe unterscheidet. Dazu kommt noch, dass das fragliche Gepäckstück gerade gesprengt wurde.« Er schob mit dem Fuß einige angekokelte Kofferfetzen herum.

»Unschuldsvermutung«, murmelte ich. »Im Zweifel für den Angeklagten.«

»Sicher, sicher, aber noch sind Sie ja gar nicht angeklagt. Sie sind lediglich Gegenstand einer Ermittlung, und die mit der Ermittlung Beauftragten müssen selbstverständlich von der Schuld des Gegenstandes ebendieser Ermittlung ausgehen, sonst könnten sie es ja gleich bleiben lassen!«

Mir wurde schwindlig, in meinem Kopf drehte sich alles. Ich hatte seit dem Frühstück nichts mehr gegessen. Ich war müde. Ich wollte nur, dass das alles aufhörte.

»Was können wir denn nur tun?«

»Nun, zuallererst einmal sollten Sie sich keine Gedanken machen. Sie sitzen nicht in Haft, Sie stehen nicht vor Gericht, und niemand weiß, ob es überhaupt so weit kommen wird. Ich rate Ihnen: Spielen Sie den Kooperationsbereiten, beantworten Sie alle Fragen, ohne zu lügen und sich selbst zu belasten. Wenn das nicht möglich ist, verweigern Sie die Aussage, und bestehen Sie darauf, mit mir zu sprechen. Und falls es wirklich zu einem Prozess kommt, habe ich ein echtes As im Ärmel.« Er lächelte triumphierend und wedelte mit dem Papierstapel in seiner Hand. »Ich habe festgestellt, dass das Formblatt 12 A über die Sprengung verdächtiger Gepäckstücke nicht korrekt ausgefüllt ist und Anlage D 4 gar komplett fehlt. Die werden Sie wegen Formfehlern laufen lassen müssen!«

»Aber das wäre doch der falsche Grund! Ich bin unschuldig!«

»Besser aus den falschen Gründen freigesprochen werden, als aus den richtigen verurteilt, oder nicht?!«

***

Wie man sich vielleicht denken kann, ging es mir in den folgenden Wochen nicht allzu gut. Meine Nachbarn gingen mir aus dem Weg. Wenn ich doch einmal einem von ihnen begegnete, war ich auffallend unfreundlich, um mich nicht noch verdächtiger zu machen. Schrader und ich sahen uns regelmäßig. Mal ließ er mich vorladen, mal stand er unangemeldet mit Grobschlacht vor meiner Tür.

Immer dieselben Fragen, immer dasselbe sinnlose Spiel. Bis er mir bei der achten oder neunten Vernehmung einen Vorschlag unterbreitete.

»Sie können sich das natürlich auch alles ein bisschen einfacher machen, Herr S.«

Ich schaute auf. Er musste das Hoffen, das Flehen in meinen Augen gesehen haben, denn er lächelte mich freundlich an. »Arbeiten Sie für uns. Als V-Mann.«

Ich war längst bereit, beinahe alles zu akzeptieren. Noch drei oder vier Vernehmungen und ich hätte ihm gestanden, dass ich in meinem Keller Nazisalafisten als Sexsklaven halte und aus meiner getragenen Unterwäsche Chemiewaffen herzustellen beabsichtigt hatte oder was auch immer er von mir hören wollte.

»Natürlich! Gerne! Aber … müssen V-Männer nicht immer irgendwelche Gruppen infiltrieren? Wen soll ich denn ausspionieren?«

»Herr S., das müssen Sie doch selbst am besten wissen. Geben Sie uns einfach alles, was Sie an Informationen bekommen können, ohne sich selbst in Gefahr zu bringen. Sei es aus Ihrer eigenen kleinen Terrorzelle oder aus der größten und gefährlichsten aller Gruppen, der Mutter allen Terrors, aus der schon viele Terroristen, Extremisten und sogar Hartz-IV-Betrüger hervorgegangen sind: der Bevölkerung.«

Grobschlacht spuckte aus. Auf mein Wohnzimmerparkett – aber so etwas war ich inzwischen gewohnt. Es war nun mal seine Art. »Wir sammeln derzeit Beweise für ein Verbotsverfahren!«

Schrader erhob sich und gab mir die Hand. »Willkommen bei den Guten.«

***

Ich war auf dem Heimweg von meinem wöchentlichen Treffen mit Schrader. Es war bereits spät, und der November gab sich Mühe zu beweisen, dass wenigstens auf ihn noch Verlass war. Ich hatte den Mantelkragen hochgeschlagen, den Hut tief in die Stirn gezogen; ich eilte durch die regnerische Nacht und grinste bei dem Gedanken, dass ich jetzt nicht nur Agent war, sondern auch wie einer aussah. Meine Hand in der Manteltasche umklammerte das kleine Geldbündel, das mir Schrader im Austausch für die Namen und Adressen einiger freundlicher, unauffälliger Herren aus meiner Nachbarschaft gegeben hatte.

Ich beschloss, mir ein Taxi zu rufen, doch da trat aus einem Hauseingang ein Mann mit Kapuze auf mich zu. »Herr S.?«, stellte er mehr fest, als dass er es fragte; ich hörte ein Geräusch hinter mir, doch ehe ich mich umdrehen konnte, krachte mir etwas auf den Hinterkopf und alles wurde schwarz …

***

Ich erwachte in einem kahlen Raum mit Linoleumfußboden und unverputzten Wänden. An der Decke hing eine nackte Energiesparlampe. Ich saß auf einem Stuhl, Oberkörper und Arme waren mit Gaffa-Tape an die Lehne gefesselt. Vor mir stand ein schäbiger Küchentisch, auf der anderen Seite standen zwei Männer, ein weiterer saß mir direkt gegenüber. Obwohl ich noch immer benommen war und mein Kopf von dem Schlag wie ein hohler Zahn puckerte, begriff ich sofort, dass ich mich in einer äußerst unangenehmen Lage befand: Der Mann am Tisch war einer der freundlichen, unauffälligen Männer, die ich Schrader gemeldet hatte. Durch Zufall hatte ich offenbar einen echten Terroristen erwischt. Vor ihm auf dem Tisch lag eine Pistole.

»Raus mit der Sprache, du Schwein! An wen hast du uns verraten?«

»Ich habe niemanden … aua!« Er langte über den Tisch und versetzte mir die Mutter aller Ohrfeigen, vielleicht sogar die Großmutter.

»Verarsch mich nicht!«

»Schrader!«, schrie ich. »Mein Führungsoffizier heißt Schrader! Aber das ist doch nur ein Missverständnis! Ich habe ja auch bloß den Namen und die Adresse weitergegeben, ich weiß doch gar nichts von eurer Truppe hier und will auch gar nichts wissen!«

»Wir sind die Preußische Union Patriotischer Sozialisten, Sieg Heil, du Arschloch!«

Einer der beiden Stehenden runzelte die Stirn. Er trug ein Palituch und ein Stirnband mit arabischen Schriftzeichen. »Oh … nicht die *Vereinigten Orientalischen Terror-Zellen*?«

»Nee, die treffen sich mittwochs, heute ist Dienstag. Aber wo du schonmal da bist, bleib halt hier. Und jetzt wieder zu dir, Sportsfreund«, wandte er sich an mich. »Raus mit der Sprache: Wie viel zahlen dir diese Schweine, damit du für sie schnüffelst?«

»Bitte tut mir nichts, ich …«

»WIE VIEL?!«

»Vierhundert! Im Monat!«

»Du Schwein! Du miese Drecksau! Ratte!«, riefen sie durcheinander, und ich fing mir eine weitere Ohrfeige. »Vierhundert! Scheiß Preisdrücker! Verdammter Amateur! Du blöder Billig-Bond! Du machst das ganze Geschäft kaputt!« Der Typ mir gegenüber war aufgesprungen und schüttelte mich: »Mann, ich hab Frau und Kinder, inzwischen muss ich in drei Terrorgruppen spitzeln, um über die Runden zu kommen, weil Typen wie du mit ihrem Lohndumping das ganze Geschäft kaputt machen!«

Der Mann mit dem Palituch legte ihm beruhigend die Hand auf die Schulter. »Hast ja recht, aber der Typ hier wusste es wahrscheinlich einfach nicht besser. Wir müssen mit Schrader reden. Das ist schon der dritte 400-Euro-Spitzel, den wir diesen Monat schnappen.«

Schließlich banden sie mich los. »Nichts für ungut, Kumpel. Musst verstehen, dass wir ein bisschen sauer sind. Ich hoffe, du bist auf unserer Seite. Zusammen sind wir stark.«

Und so wurde ich Mitglied in der Gewerkschaft der V-Männer.

***

Inzwischen mache ich meine 4000 im Monat. Die Hälfte geht natürlich in den Unterhalt der diversen Terrorgruppen, die ich infiltriert habe. Sie werden von meinen drei Entführern geleitet; im Gegenzug habe ich meine eigene Organisation gegründet, die Freien Arischen Revolutions-Truppen, und die Kollegen selbst eingeschleust. Wir alle brauchen ständig gutes Material, das wir unseren Führungsoffizieren präsentieren können; wer immer nur freundliche Männer denunziert, kann sich nicht lange in diesem Geschäft halten. Ich plane noch ein wenig zu expandieren und gleichzeitig Schraders Grenzen auszutesten; ich baue daher gerade die Buddhistische Union/Milizionäre Siddharthas auf, mal sehen, ob wir ihm Geld für deren Observation aus dem Kreuz leiern können. Letztlich wird ihm und seinen Leuten gar nichts anderes übrig bleiben, so wie sie auch schon der Einführung von Weihnachts- und Urlaubsgeld zustimmen mussten. Wir hatten mit einem Generalstreik der V-Männer und der sofortigen Aussetzung sämtlicher terroristischer und verfassungsfeindlicher Tätigkeit in Deutschland gedroht. Ihnen blieb keine Wahl. Denn ohne uns sind sie nichts.

DIE FRAU MIT DER KNOCHENSÄGE

»Ich hätte nie gedacht, dass ich mir mal einen Wunderbaum fürs Auto wünschen würde«, sagt Kathrin und lacht. »Naja, aber gegen den Gestank wäre der sowieso nicht angekommen. Ich hab mich also ganz dick eingemummelt und die Scheiben aufgemacht und eine nach der anderen geraucht, damit der Geruch im Auto erträglicher wird. Und dann kam mir die ganze Situation so absurd vor, dass ich lachen musste, und ich dachte: Wenn schon, denn schon! Und dann habe ich eine Heavy-Metal-CD eingelegt und die Musik richtig laut gemacht. Ist eigentlich nicht meine Musik, die CD gehört meinem Freund, aber wenn du am zweiten Weihnachtsfeiertag durch Berlin fährst, bei minus zwölf Grad und mit offenen Scheiben, weil du fünf verwesende Körper auf der Rückbank und im Kofferraum hast, dann passt einfach nur Heavy Metal.«

Kathrin lacht noch einmal und nimmt einen Schluck von ihrem Bier. Ich versuche die Muskeln in meinem Gesicht zu einem Lächeln zu arrangieren, gebe aber schnell auf und sage: »Bäh!«

Kathrin arbeitet bei einem tierärztlichen Notdienst und scheint mehr mit dem Einschläfern als dem Retten von Haustieren beschäftigt zu sein.

»Bin ja selbst schuld!«, sagt Kathrin. »Ich dachte, Mensch, so kalt, wie es ist, da kann ich die doch ein paar Stunden im Auto lassen, und habe mich nach meiner 24-Stunden-Bereitschaftsschicht erstmal schlafen gelegt. Aber ich hätte natürlich wissen müssen, dass ein Körper beim Verwesen Wärme produziert … die Kadaver haben sich also praktisch gegenseitig warm gehalten, und das hat man dann natürlich auch gerochen … Naja, ich bin dann, nachdem ich ausgeschlafen hatte, schnurstracks zur Praxis gefahren, mit offenem Fenster und Heavy Metal wie gesagt, und dort habe ich sie ausgeladen. Und danach habe ich wirklich einen Wunderbaum gekauft. Die nächsten Tage roch's nach Gammelfleisch mit Vanillesoße, naja!«

Kathrin kann stundenlang von ihren Einsätzen erzählen. Lustige Geschichten, traurige Geschichten. Eigentlich sind auch die lustigen Geschichten traurig. Und umgekehrt.

»Und dann die Sache mit dem Messie in seiner vollgerümpelten Wohnung in Friedrichshain. Ein alter Mann, der Kater war krank und ganz aufgeregt, und ich musste ihn sedieren – also den Kater, nicht den Mann – um ihn untersuchen zu können.« Sie gab dem Kater eine Spritze und ließ ihn laufen. »Jetzt warten wir fünf Minuten, und dann sehen wir, was ihm fehlt«, erklärte sie dem Alten. Was sie nicht bedacht hatte: Die Katze nutzte die Zeit, bis das Beruhigungsmittel wirkte, um sich ein Versteck zu suchen. Und davon gab es in dieser Wohnung viele. Eine gute Dreiviertelstunde suchte der Mann anschließend mit einer Stirnlampe auf dem Kopf die Wohnung ab, bis er das nunmehr friedlich dösende Tier in den Tiefen eines vollgestopften, einstmals wohl begehbaren Kleiderschranks im Schlafzimmer gefunden hatte. »Und ich saß in der Küche und hab fast geheult vor Lachen, wenn ich ihn irgendwo in der Wohnung ›Miez! Miez! Miez!‹ schreien hörte und sein Gesicht vor Augen sah, die 200-Dioptrien-Brille und dazu die absurd große Stirnlampe – das muss noch ein Vorkriegsbergarbeitermodell gewesen sein …«

Sie dreht die Bierflasche in den Händen. »Eigentlich müsste man immer einen Sozialarbeiter dabeihaben. Wie vielen alten, einsamen, depressiven Leuten ich schon die Hand halten musste, deren Hund oder Katze ich gerade eingeschläfert hatte, und die sonst niemanden mehr auf der Welt hatten. Manchmal heule ich nach einem Einsatz noch im Auto, bevor ich weiterfahren kann. Einmal drohte eine Frau, sich umzubringen, wenn ich ihren Hund nicht retten kann. Ich hab dann den sozialpsychiatrischen Notdienst angerufen – die Nummer hat mir mein Chef gleich am ersten Arbeitstag diktiert. Ich hab schon überlegt, ob man nicht immer ein paar Ersatzkatzen und -hunde aus dem Tierheim mitnehmen sollte. Naja.

Oh Mann, und dann neulich, da sollte ich in einem Plattenbau einen toten Hund abholen. Hab mir nichts bei gedacht. Und dann öffnet mir so ne Frau und blafft mich sofort an: ›Is nich mein Hund. Hat meiner Schwester gehört, die is gestern in die Klapse gekommen, und ich wollte in der Wohnung nach dem Rechten sehen. Er liegt im Bad … machense das weg.‹

Tja, ein paar Sekunden später bin ich in die Küche gerannt und hab's gerade noch so bis zur Spüle geschafft, bevor ich kotzen musste: Das ganze Bad war mit Kot beschmiert und der Kadaver schon fast *zerflossen*. Weißt du, wenn Tiere oder Menschen zerfallen, verflüssigen sie sich teilweise … Noch ein Bier bitte!«, ruft sie der vorbeirennenden Kellnerin zu.

»Für mich auch!«, sage ich und korrigiere mich sofort: Hier sind stärkere Getränke gefragt. »Ach nee, lieber ein Glas Wein.«

»Das ist dann so eine ganz komische Konsistenz. Ein bisschen wie Kaugummi, aber wie einer, der sich auflöst … also Blasen könnte man damit natürlich nicht machen. Jedenfalls kannste den Körper dann nicht mehr einfach hochheben und in einen Müllsack stopfen. Da braucht man 'ne Schaufel. Ich hab's mit der Müllschippe probiert, musste aber wieder kotzen und hab dann die Feuerwehr gerufen … Anscheinend hatte die Frau den Hund vor ein paar Monaten im Klo eingesperrt und dort verhungern lassen.«

»Gruselig«, sage ich zu Kathrin. Sie setzt sich kerzengerade auf, strahlt mich an und ruft: »Apropos gruselig, das *muss* ich dir noch erzählen: Neulich bin ich nach Mitte gefahren. 'ne Katze. Mehr konnte mir mein Chef auch nicht sagen. Ich da also hin, mitten in der Nacht, 'ne Altbauwohnung, und ich klingle, und es passiert nichts, und ich klingle wieder, und immer noch nichts, und dann klopfe ich, und endlich höre ich drinnen eine Tür aufgehen, jemand rennt durch den Flur, dann reißt eine völlig panisch aussehende Frau die Wohnungstür auf, zerrt mich rein, schleift mich in ihr Wohnzimmer, knallt die Wohnzimmertür hinter uns zu und blockiert die Klinke mit einem Besen. Und ich dachte: Oh Mann, bei was für einer Verrückten biste denn da wieder gelandet …

aber dann sah ich die Kratzer im Gesicht der Frau, und dann zeigte sie mir ihren zerkratzten Bauch und ihre zerkratzten Beine und erzählte, wie ihre Katze am frühen Abend plötzlich ausgerastet war und auf sie losgegangen ist, und im selben Moment bumst etwas gegen die Wohnzimmertür. ›Das ist sie‹, hat die Frau gesagt und zu heulen angefangen. ›Sie springt gegen die Klinke, um hier reinzukommen, ich hab solche Angst!‹«

»Krass«, sage ich. »*The Shining*, deutsche Ausgabe.«

»Aber voll. Tja, irgendwas mussten wir ja nun machen, aber die Frau hat sich geweigert, mir zu helfen. Mussten wir noch 'ne Freundin von ihr anrufen, die kam dann auch – und hat es sehr schnell bereut. Naja, irgendwann hatten wir die Katze jedenfalls besiegt. Zwei Spritzen brauchte ich – als sich das Vieh in den Haaren der Freundin festgekrallt hatte, konnte ich sie ihr endlich ins Fell jagen. Normalerweise hätte sie nach 'ner halben in den Seilen hängen müssen wie ein Achtjähriger nach seinem ersten Joint.«

»Und was war nun mit der Katze?«

»Hm. Es war wirklich ein bisschen wie bei *Shining*.«

Ich versuche mich an das Ende des Films zu erinnern. »Ähm … sie ist in einem Labyrinth erfroren?!«

»Nein … Ich meine: Man erfährt nie ganz genau, was nun los war. Oder wird das im Film aufgeklärt? Egal. Ich hab die Katze zu 'ner Tierklinik gebracht, und die haben sie eingeschläfert und am nächsten Tag weggeworfen. Ich hätte ja gerne 'ne Autopsie gemacht. Gehirntumor wahrscheinlich. Wo ich gerade von Katzen rede: DAS mit der Katze in Zehlendorf MUSS ich dir noch erzählen!«

Kathrin war zu einem Einfamilienhaus gerufen worden. Die Katze war verschwunden, und die Familie hatte Haus und Garten auf den Kopf gestellt, und dann hatte der Vater beschlossen, die Gegend mit dem Auto abzusuchen. Er hatte sich in den Wagen gesetzt und den Motor angelassen, doch sofort hatte es »Frrrruuuup!« gemacht, und er war wieder abgesoffen. Irgendwas quiekte, ein Schreien fast, es schien von vorn aus dem Auto zu kommen. Der Vater öffnete die Motorhaube und starrte in die weit aufgerissenen Augen der kreischenden Katze.

»War wohl schön warm da drin gewesen«, erzählt Kathrin, »und sie ist durch den Radkasten reingeklettert, wie ein Marder, weißt du?! Und als der Motor anging, hat der Keilriemen oder was weiß ich sie erfasst und zwischen irgendwelche Motor- oder Getriebeteile gezogen. Oh Mann, und ich kam da an, einen Tag vor Heiligabend, und die ganze Familie stand um das Auto rum, und die Katze schrie, und die Kinder heulten, und der Vater schimpfte, und die Mutter immer so: ›Ach du je! Ach du je!‹ Naja, die Katze saß fest, die habe ich da nicht rausgekriegt. Aber der wäre eh nicht mehr zu helfen gewesen. Hab ich sie also eingeschläfert und meine Rechnung geschrieben und der Mann so: ›Nee, nee, Sie bleiben schön hier und helfen mir das Vieh da rauszuholen, ich brauch mein Auto!‹ – Scheiße! Fast zwei Stunden hat's gedauert und das bei der Kälte! Wir mussten den Wagen aufbocken, und der Typ hat alles Mögliche abgeschraubt, damit wir irgendwie von hinten unten an die tote Katze rankommen, und dann haben wir an ihr rumgezerrt, aber es hat alles nichts genutzt.

Naja, und dann habe ich die Knochensäge genommen und ihr den Kopf abgesägt, danach ging's.« Kathrin zuckt mit den Schultern und zündet sich eine Zigarette an. Dann muss sie grinsen: »Nicht das, wovon du träumst, wenn du als kleines Mädchen Tierärztin als Berufswunsch nennst! Und das Schärfste: Der Typ hat mir keinen Cent Trinkgeld gegeben, dabei werde ich doch pro Einsatz und nicht nach Zeit bezahlt!«

Die Kellnerin kommt an den Tisch, stellt Bier und Wein ab, und ich bestelle schnell noch einen doppelten Wodka nach.

»Aber jetzt hab ich dich hier so vollgesülzt«, sagt Kathrin. »Erzähl du doch mal. Als Schriftsteller erlebt man doch sicher auch so einiges!«

»Ähm … naja …« Ich muss überlegen. »Hm, neulich war ich einkaufen und die Tiefkühlpizza Vegetaria war alle«, sage ich.

»Aha«, sagt Kathrin. »Hab ich dir eigentlich schon von dem geisteskranken Wellensittich im Altersheim erzählt?«

ONKEL WERDEN IST NICHT SCHWER

Ich hab's nicht so eilig mit dem Kinderkriegen. Bei Männern tickt diesbezüglich die biologische Uhr nicht allzu laut, und je länger man wartet, bis man endlich Vater wird, desto besser kann man sich auf diese Aufgabe vorbereiten. Schließlich sieht man in der Öffentlichkeit sowie bei Freunden und Verwandten oft genug, was bei der Erziehung alles schiefgehen kann. Bevor ich meine eigenen Kinder vermurkse, übe ich lieber ein bisschen. So kam es mir sehr gelegen, als mich eines Tages meine Schwester anrief. Sie hatte Konzertkarten gekauft und die Babysitterin hatte kurzfristig abgesagt; sie fragte, ob ich mir vielleicht vorstellen könne, einen Abend auf meine beiden Neffen …

»Na klar! Hey, gerne doch! Ich mach mir mit Max und Arthur einen richtig schönen Männerabend!«

»Aha.« Meine Schwester zögerte.

»Oh, keine Sorge. Von dem Bier gebe ich ihnen natürlich nichts ab. Dazu bin ich viel zu geizig, hahaha! Hallo? Das war ein Witz!«

Und so fand ich mich eines Tages in einem Einfamilienhaus in Grünau als Papa für einen Abend ein. Ich war etwas spät gekommen, Schwester und Schwager warteten schon ungeduldig und in voller Montur auf meine Ankunft, sie umarmten die Kinder, sie umarmten mich, meine Schwester rasselte noch kurz eine Art Bedienungsanleitung herunter, dann waren sie weg und Max und Arthur und ich allein.

»So, ihr zwei. Was machen wir denn Schönes miteinander?«

»Hast du uns was mitgebracht?«, schrien sie wie aus einem Mund.

»Äh. Nö.«

»Och Menno, Oma bringt immer was Schönes mit.«

»Ich bin aber nicht Oma! Ich bin Onkel Volker, und ich habe es nicht nötig, eure Liebe zu kaufen! Ihr werdet mir noch auf Knien danken, dass ich euch meine Zeit geschenkt habe. Ihr dürft nicht immer so materiell denken! Ihr habt schon so viel Spielzeug! Als ich in eurem Alter war, da war noch DDR, ich habe mit einem Stück Braunkohle aus dem nahe gelegenen Tagebau gespielt, und zu naschen gab's ab und zu 'ne Zuckerrübe, und von der hab ich mich nicht abzubeißen getraut, nein, die habe ich *gelutscht*, damit sie länger hält – und hat's mir geschadet?« – Ja, hat es, musste ich insgeheim eingestehen, aber das konnte ich natürlich nicht laut sagen. »So war das damals! Geschenke machen nicht glücklich!«

»Doch!«, behauptete Max, der größere der beiden.

»Nein!«

»Doch!«

»Wenn du mir noch einmal widersprichst, Freundchen, dann ...« – ich musste kurz überlegen – »... äh, dann geht's nachher ohne Zähneputzen ins Bett!«

»Au ja!«, schrien beide und führten einen spontanen Freudentanz auf. Nach diesem ersten pädagogischen Erfolg hatte ich mir eine Pause verdient.

»So. Ich brauche jetzt erstmal ein Bier. Müsst ihr nicht Hausaufgaben machen oder so?«

»Hab ich schon!«, schrie Max.

»Bin noch im Kindergarten!«, brüllte Arthur.

»Na dann geht jetzt in eure Zimmer und räumt auf.«

»Ham' wir schon!«

»Tja. Ihr könnt ja ein bisschen lesen.«

»Ich kann noch nicht lesen!«, kreischte Arthur.

»Ich will nicht lesen!«, quiekte Max.

»Ich kann das nicht, ich will das nicht – wenn ich das schon höre! Meint ihr, mit dieser Einstellung werdet ihr es mal zu was bringen?! Wenn ich in eurem Alter gesagt hätte: ›Ich kann das nicht, ich will das nicht‹, wenn uns die Kindergärtnerinnen in voller ABC-Schutzausrüstung über die Sturmbahn gejagt haben, dann hätte es aber was gesetzt! Geht jetzt auf eure Zimmer und bastelt was.«

»Was sollen wir denn basteln?«

»Weeß icke. Ein Haus.«

»Och nööö ... das haben wir schon im Kindergarten gemacht.«

»Herrje, na dann ...« – ich überlegte, was sie garantiert noch nicht im Kindergarten gebastelt hatten – »bastelt das Holocaustmahnmal!«

»Wie geht denn das?«

»Herrje, rauf jetzt auf die Zimmer und fangt an. Wer nachher das schönste Holocaustmahnmal hat, darf die ganze nächste Woche bis um zehn aufbleiben!«

»Hurra!«, riefen sie und flitzten nach oben in ihre Kinderzimmer. Ich überlegte, wie ich die Sache mit dem Bis-um-zehn-Aufbleiben meiner Schwester erklären sollte, aber letztlich war das ihr Problem. Wenn sie mein Versprechen brach, war sie die Böse und Onkel Volker hatte trotzdem ein paar Punkte bei seinen Neffen gut.

Im Fernsehen kam nur Mist, aber ein kaltes Bier tröstete prima darüber hinweg. Dann ging oben das Geschrei los. Arthur kam heulend die Treppe runter. »Max hat mich gehauen«, flennte er. Max kam vorsichtig hinterher. In der Hand hielt er ein undefinierbares Geknüll aus rosa Papier und – so schien es – einem BH meiner Schwester. »Weil du mein schönes Holomaus-Malmal kaputt gemacht hast.«

Es dauerte eine Weile, bis ich den Frieden wiederhergestellt hatte. Es gelang mir, indem ich beiden versprach, dass sie die ganze nächste Woche bis um zehn aufbleiben dürften.

»Und jetzt? Was wollen wir jetzt machen?«

»Videogucken!«, grölten sie und stürzten zum Regal, um aus der untersten Reihe ein paar DVDs rauszufetzen.

»*Ice Age*!«, brüllten sie. Und: »*Madagascar*!« Und: »*Cars*!«

»Nee, die sind doof«, sagte ich und zog eine DVD aus einer Regalreihe ganz oben. »Habt ihr *Hostel 2* schon gesehen?«

Zwanzig Minuten später lagen sie heulend und mit zugehaltenen Augen neben mir auf der Couch. Ich probierte es mit der »Ist doch alles nur Film«-Masche: »Guckt mal, das ist gar kein echtes Blut, das ist Ketchup!«, und »Hey, das sind doch keine echten Gedärme. Zumindest nicht von Menschen!«, dann schaltete ich auf die »Nun habt euch mal nicht so, ihr seid doch schon groß«-Tour um, bevor ich die Moralkeule rausholte: »Die Kinder im Irak wären froh, wenn sie sowas nur im Fernsehen sehen müssten!«

Meine Schwester und ihr Mann haben sich dann übrigens als Spießer entpuppt. Ich darf Max und Arthur vorerst nicht wiedersehen; es führt kein Weg mehr an eigenen Kindern vorbei. Falls die eine oder andere Leserin gerade Single ist und sich zudem von meiner Anzeige in der Geschichte weiter vorne angesprochen gefühlt hat, möge sie sich doch bitte mit mir in Verbindung setzen.

DIE SEEKUH IM AQUARIUM MEINER TRÄUME

Geburtstage verlieren mit der Zeit ihren Reiz. Das erste Dutzend ist toll, aber ich habe jetzt ein paar Dutzend hinter mir, und von der Aufregung, die mich noch vor dreißig Jahren schon Tage vorher befiel, ist nichts mehr übrig. Mein Geburtstag ist mir egal. Trotzdem vielen Dank an GMX, Amazon, ClickandBuy und all die anderen, denen ich offenbar meinen Geburtstag verraten habe und deren freundliche Geburtstagsrabattangebote mir Tränen der Rührung in die Augen trieben, obwohl mich der Mist, den sie mir mit Slogans wie »Beschenken Sie sich selbst!« zum Sonderpreis anboten, nicht interessierte. Ein bisschen enttäuscht bin ich von Frau Wiedemann vom Finanzamt, die meinen Geburtstag aus den Unterlagen kennen müsste und deren Rabattangebot ich sicher gerne angenommen hätte.

Meine Freundin hat mir einen Pullover geschenkt. Der Pullover ist schön, aber eigentlich hatte ich mir ein Billy-Regal und ein Aquarium mit Seekühen drin gewünscht. Ich mag Seekühe.

»Du Spinner«, hat meine Freundin gesagt. »Wo willst du denn das Seekuhaquarium aufstellen? Das wäre doch größer als deine ganze Wohnung!«

»Weeß icke«, hab ich gesagt. »Wenn ich erstmal eins habe, findet sich schon ein Platz. Vielleicht im Billy-Regal, die sind genial konstruiert, da passt mehr rein, als man denkt.«

»Ach, du und dein Billy-Regal«, hat meine Freundin da gesagt. »Das ist doch eher was für Zwanzigjährige und ihre erste Wohnung. Mit juveniler Inneneinrichtung kannst du die Zeit nicht zurückdrehen. Mit 45 hängst du dir dann Bravo-Poster an die Wände und mit fünfzig stellen wir dir ein Laufgitter auf! Na vielleicht brauchst du das dann auch. Apropos, guck mal, ich hab hier ein Prospekt vom Sanitätshaus in den Schönhauser Allee Arcaden, guck doch mal hier, dieser Rollator, der sieht doch eigentlich ganz jugendlich und sportiv aus, wäre das nicht was für dich?«

Nein, das hat sie natürlich nicht gesagt, niemals würde sie so etwas sagen, aber was wäre ich für ein Freund, wenn ich es nicht im traurigen Blick ihrer liebenden Augen hätte lesen können?!

Ich selbst habe mir zum Geburtstag eine Reise geschenkt. Na, »Reise« ist ein großes Wort. Einen Tagesausflug. Nach Berlin-Marzahn ins Plattenbaughetto. In Marzahn bin ich groß geworden. Die Freundin musste mit.

»Oh ja«, rief sie. »Zeigst du mir dann einen Nazi?«

»Nein!«, sagte ich. »Naja, mal sehen. Aber vor allem zeige ich dir die Welt meiner Kindheit, das Fenster im zehnten Stock, von dem aus ich von meinem siebenten Lebensjahr an auf die Welt hinabblickte. Und ich zeige dir die Tischtennisplatten, an denen ich mich zwischen zwölf und sechzehn in so gut wie jedes Mädchen aus meiner Klasse verliebt habe, in manche habe ich mich sogar zweimal verliebt, obwohl sie hässliche 80er-Jahre-Ostfriseurfrisuren und Achselhaare hatten!«

Marzahn empfing uns mit strahlendem Sonnenschein, frischem Grün und allerlei blühendem Gebüsch.

»Früher sah das natürlich anders aus. Alles grau. Auch der Himmel. Osten halt«, erklärte ich meiner Freundin, die aus Hamburg, aber eigentlich ganz okay ist.

»Alles grau?«, rief meine Freundin. »Wie schrecklich!«

»Na und?!«, antwortete ich. »Heute ist alles bunt und die Sonne scheint, aber meine Haare werden grau. Ist das vielleicht besser?« Und wahrscheinlich hätte ich noch irgendsowas wie: »Dafür habe ich '89 nicht auf die Straße gespuckt« angefügt, aber meine Freundin unterbrach mich: »Wo sind denn nun die Nazis?«, wollte sie wissen.

»Ach du und deine Nazis! Guck mal lieber da oben im siebenten Stock, das Fenster, das offen steht. Da hat Matthias Binder gewohnt. Einmal war ich bei ihm, und er wollte ausprobieren, wie das aussieht, wenn man Reinigungsbenzin aufs Fensterbrett kippt und anzündet, und ob die Tropfen weiterbrennen, wenn sie heruntertropfen. Er kippt also ordentlich Benzin aus und zündet's an und sagt: ›Brennt ja gar nicht.‹ Und dann guckt er genauer hin und sagt: ›Brennt doch!‹ Und dann hebt er seine Hand, betrachtet sie stirnrunzelnd und sagt: ›Nee, meine Hand brennt!‹ Und dann ist er schreiend und mit der Hand herumfuchtelnd durch sein Kinderzimmer gehüpft, und ich hab mir vor Lachen auf seinem Sofa fast in die Hose gemacht. War schon 'ne schöne Zeit!« Und dann zeigte ich ihr die Fenster von Oliver Kaul, Melanie Piepenhagen, Jaqueline Weiland, Alexander Starke, Holger Schmidtbauer, René Michelmann, Monika Dornberg, Vera Sedlacek, Stephan Brüggemann und Doreen Prescher und einige mehr, und zu jedem Fenster erzählte ich meiner Freundin eine kleine Geschichte. »Und im Nachbarhaus, der Balkon mit den Sonnenblumen, da hat Tilo Achtsnik gewohnt, der hat mir mal ein Matchbox-Auto geklaut, und dann habe ich … sag mal, hörst du mir eigentlich zu?«, fragte ich, plötzlich misstrauisch geworden, meine Freundin.

»Klar!«, sagte sie und nickte.

»Was habe ich eben gesagt?«

»Naja, weißt du, ich höre dir eher so zu, wie man einem Bach auf einer sonnenbeschienenen Wiese in den Bergen zuhört. Sind das da Nazis?«, fragte sie und zeigte auf zwei alte Muttchen.

»Nein«, sagte ich. »Naja, was weiß ich. Das sind zwei alte Muttchen.«

»Guck doch mal, der Rollator, den die eine hat, der sieht doch eigentlich ganz cool aus, wäre das nicht was für dich?«

»Nein«, maulte ich. Dabei meinte sie es ja nur gut, und praktisch sind die Dinger ja wirklich.

»Und hier war meine Schule«, sagte ich fünf Minuten später. »Hamse abgerissen und stattdessen diese doofe Kleingartenanlage gebaut.«

Ein Mann mit Harke schaute uns misstrauisch an. Er war ein hässlicher Mann.

»Hier wo Ihr Garten ist, war früher der Klostrang«, erklärte ich dem hässlichen Mann. »Wachsen sicher gut, die Stachelbeeren, an der Stelle waren früher die Kackkabinen.«

Ich wandte mich wieder meiner Freundin zu, was angenehm war, weil sie kein hässlicher Mann ist. »Da haben wir immer Steffen Köhler reingesperrt. Also manchmal auch andere, aber dann haben wir doch immer wieder auf Steffen Köhler zurückgegriffen, weil der doch Platzangst hatte und immer so schön geweint hat. Und da drüben, bei den Hyazinthen, da waren die Pissbecken, da hat uns Maik Blankenburg, der zweimal sitzengeblieben war, gezeigt, wie Atompilz geht.«

»Atompilz?«, hat da der hässliche Mann gefragt.

»Sind Sie ein Nazi?«, hat meine Freundin den hässlichen Mann gefragt.

»Ja, Atompilz«, hab ich gesagt. »Man hält sich beim Pinkeln die Vorhaut ganz fest zu, und die bläht sich dann so total auf. Naja, als Kinder des Kalten Kriegs konnten wir mit etwas Fantasie durchaus einen Atompilz in dem ganzen Gebilde erkennen. Und dann natürlich das atombombenmäßige Platschen, wenn man losgelassen hat ...«

»Lalala«, sang meine Freundin und schaute in die Luft.

»Ja, so war das damals«, sagte der hässliche Mann. »Osten halt. Dauernd haben wir an uns rumgespielt.« Er hob anklagend die Hände. »Wir hatten doch sonst nüscht!«

»Fahren wir jetzt nachhause?«, fragte meine Freundin.

»Nachhause?!«, rief ich. »Wo ist zuhause? Na hier jedenfalls nicht mehr. Mach's gut, hässlicher Mann!«

»Jaja, tschüssi und Heil Hitler!«

Und dann fuhren wir endlich weg, und auf der Heimfahrt erklärte ich meiner Freundin, dass ich nächstes Jahr wirklich das Seekuhaquarium zum Geburtstag haben will, »sonst fahren wir wieder nach Marzahn!«

»Au ja«, sagte meine Freundin. »Das ist doch ein toller Ort für einen ersten Ausflug mit dem neuen Rollator.«

HERBST

Eine deprimierende Geschichte
mit vollkommen überraschendem Happy End

Es ist Herbst, und Tarek fährt an die Ostsee, um es sich schlecht gehen zu lassen.

Am Fenster der Regionalbahn ziehen graubraune Äcker, graugrüne Wiesen und schmutzigweiße Windräder vorbei. Graue Bäume recken ihre kahlen Äste in den grauen Himmel, als würden sie um den Tod flehen. Verfallene Gehöfte und Häuser in der Einöde lassen ihn an Menschen mit grauen Gesichtern denken, die mit ungelenker Hand vor Fehlern strotzende Abschiedsbriefe schreiben und sich anschließend in der Scheune an einem Stromkabel aufhängen.

Ein tröstlicher Gedanke. Viel schlimmer ist die Vorstellung, dass in diesen Häusern Menschen immer weiter- und weiterleben und sich ans Leben klammern, als hätten sie einen Grund dazu.

Am Bahnhofsrestaurant hängt eine verblichene Wimpelkette und ein Schild: »Geschäftsaufgabe. Übernahme mit Inventar gegen Gebot!« Die Fenster im ersten Stock sind blind. Auf der anderen Seite warten ein Bestattungshaus und eine DRK-Sozialstation auf Kundschaft. Dahinter beginnen die Plattenbauten, fünfgeschossige Klötze in Original-DDR-Grau. Drei hässliche Mädchen gehen die Straße entlang und keifen sich an. Ihrem lautstark geführten Gespräch entnimmt Tarek, dass es sich bei ihren Klassenkameradinnen ausschließlich um Fotzen, Schlampen und Scheißkühe handelt.

Bald, in ein oder zwei Jahren, seid ihr alle Kundinnen der Sozialstation, denkt Tarek. Ihr werdet in dem schmucklosen weißen Neubau vorsprechen, ein Baby auf dem Arm, das betrunken und freudlos auf der Rückbank eines Opel Astra, Baujahr 1994, gezeugt wurde.

Tarek schultert den Rucksack. Dann stellt er ihn wieder ab und kramt die Spiegelreflex hervor. Im Wartehäuschen der Bushaltestelle auf der anderen Straßenseite sitzt ein zerknitterter Rentner in einem roten Anorak. Er verdeckt zur Hälfte ein Werbeplakat, das straffe Haut bei Verwendung einer bestimmten Creme verspricht. Ein straffhäutiges Fotomodell lächelt Tarek an, während der Alte mit borkigem Gesicht ins Leere starrt. Ein weiteres Motiv für Tareks Serie *Traum und Wirklichkeit*. Er sammelt Fotos von Menschen vor Werbeplakaten – je krasser der Gegensatz ist, desto besser. Besonders stolz ist er auf ein Foto von einem kotzenden Penner mit einer Beck's-Flasche in der Hand. Hinter ihm prosten sich junge Menschen auf einem Segelschiff mit Bier derselben Marke zu.

Tarek steckt die Kamera weg, nachdem er sich auf dem Bildschirm vergewissert hat, dass die Aufnahme gelungen ist.

Geschrei hinter ihm. »Scheiße! Kackding!« Tarek dreht sich um. Drei Teenager – zwei Skins und ein Typ mit schwarzen Klamotten und Zopf – stehen vor dem Getränkeautomaten des Bahnhofsgebäudes. Einer der Skins, der größte der drei Jugendlichen, drischt gegen das Gerät, dann geht er einen Schritt zurück und landet mit ausgestrecktem Bein einen Tritt in Schulterhöhe. Der Rentner im Wartehäuschen steht auf und läuft auf die Straße. Sein Krückstock ist erhoben. »Hört ihr wohl auf, ihr Rabauken!«

»Haha, hört ihr wohl auf, ihr Rabauken!«, höhnt der Zopf, und die zweite Glatze, ein spacker, pubertätsverpickelter Typ, reißt mit gespieltem Entsetzen die Augen auf und ruft: »Auwacka, jetzt gibt's Ärger!«

Ihr Kumpel tritt noch einmal gegen den Automaten. Der Rentner sagt: »Also das ist doch …« Weiter kommt er nicht. »Halt doch die Fresse!«, brüllt der Skinhead am Automaten. »Ich hab da Geld reingesteckt und's is nüscht rausgekomm'!«

»Na und?«, sagt der Opa, er ist inzwischen bei den drei »Rabauken« angekommen. »In euch ham wir auch Geld reingesteckt, und es is nüscht bei rausgekommen! Sollen wir euch jetzt auch treten?«

Tarek muss grinsen, fummelt aber sein Handy aus der Tasche. Das könnte Ärger geben.

»Alter, willste ma anmachen, oder was?«

»Pass auf, der will dich treten, hab ich gehört!«

Pickel stuppst den Alten an. Der schaut jetzt ängstlich von einem zum anderen. Ihm dämmert, dass das hier keine so gute Idee war. Noch einmal hebt er seinen Stock. Zopf schubst ihn von der Seite, der Mann strauchelt, fängt sich aber wieder. »Der is mit'm Stock auf dich los, Andi! Ich hab's gesehen!« Sie stoßen ihn gegen die Wand des Bahnhofsgebäudes. Tarek tippt 110. Scheiße, denkt er. Wer weiß, wie lange es dauert, bis die einen Wagen hier haben. Scheiße, ich will mich da nicht einmischen müssen …

Da kommt eine wunderschöne Fee eiligen Schrittes aus der Sozialstation gelaufen. In ihrem trotz des trüben Tages gülden glänzenden Haar sitzt eine Krone, in der Hand hält sie einen Zauberstab und bei jedem Schritt hinterlässt sie kleine, mit einem leisen »Didelding« zu Boden sinkende Sternchen, und unter einem Gewand, das zart ist wie Spinnweben, ist die Fee nackt.

»Nun hört aber auf!«, sagt sie tadelnd, als sie die Jugendlichen und den Alten erreicht hat. »Wenn ihr brav seid, dann höre ich mir eure Wünsche an und erfülle dem von euch, der den weisesten Wunsch vorträgt, seinen Traum! Möge das Großväterchen beginnen!«

Der Alte schiebt aufgeregt sein Gebiss im Mund hin und her und hechelt und blinzelt verwirrt, dann bringt er schließlich einen Wunsch hervor: »Dass wieder Krieg ist!«

Die Fee nickt. »Und was wünschst du dir?«, fragt sie Pickel, und Pickel antwortet: »Keine Pickel mehr. Und mit Mandy Schmitt schlafen!«

»Das sind zwei Wünsche!«, sagt die Fee streng. »Entscheide dich!«

Pickel denkt nach, dann strahlt er: »Dann nur mit Mandy Schmitt schlafen!«, denn ihm ist der Gedanke gekommen, dass es, wenn dieser Traum wahr wird, keine Rolle mehr spielt, wie er aussieht.

Die Fee schaut Zopf an: »Und du?«

»Ich will mit dir schlafen, Fee!«, sagt Zopf. Die Fee nickt, und Pickel haut sich mit der flachen Hand vor die Stirn. Scheiße, da hätte er auch draufkommen können!

»Was wünschst du dir?«, fragt die Fee den anderen. Der runzelt kurz die Stirn und sagt: »Naja, keine Ausländer und so.« Er ist sehr stolz, dass er seinen Wunsch der nationalen Sache geopfert hat, denn eigentlich hätte er lieber ein Moped.

Schließlich wendet sich die Fee an Tarek, der inzwischen herangekommen ist. »Und du? Was ist dein Begehr?«

»Ich will, dass diese Geschichte endlich zu Ende …

60 MILLIONEN PRALINEN

Ehrlich, ich mag Facebook. Und ich kann dieses von Unwissenheit und Neophobie geprägte »Meine Daten, meine Daten, ach du liebe Güte, meine Daten!«-Gejammer mancher Leute nicht mehr hören. Als sei eine Anmeldung bei Facebook dasselbe wie ein Einzug in den Big-Brother-Container!

Manchmal wird es aber sogar mir ein bisschen unheimlich, so schwer es mir fällt, das zuzugeben. Wahrscheinlich werde ich einfach mit den Jahren immer ängstlicher und konservativer, sosehr ich auch dagegen ankämpfe.

Neulich jedenfalls tauchte am rechten Rand Werbung für eine Singlebörsen-App auf. »60 Millionen Singles zum Greifen nah«, versprach sie. Darunter standen die Namen zweier Facebook-Freunde, die diese App benutzten. Dies warf einige Fragen auf. Zuallererst, welchen Sinn die Angabe meiner beiden Facebook-Freunde haben sollte, handelte es sich bei ihnen doch um ältere Herren. Solange sich in meinem Freundeskreis keine Frauen fanden, die die App benutzten, musste sich eine eventuell erhoffte Werbewirksamkeit dieser Maßnahme in ihr Gegenteil kehren. Desweiteren fragte ich mich, ob die beiden wussten, dass ihre Namen von der App zu Werbezwecken verwendet wurden. Wahrscheinlich nicht, aber das war ihre eigene Schuld, hätten sie sich doch die Nutzungsbedingungen etwas genauer angeschaut!

Auch der Werbespruch verfehlte seine beabsichtigte Lockwirkung: 60 Millionen Singles! Zum Greifen nah! Das wollte ich nicht, das waren mir zu viele! Selbst wenn es sich bei diesen 60 Millionen nicht durchweg um ältere Herren handeln sollte, sondern um Frauen, die mir einzeln durchaus zu gefallen wüssten. Und obwohl »zum Greifen nah« sicher nicht wörtlich zu verstehen war, stellte sich bei mir dennoch sofort das Bild einer riesigen Menschenmenge ein.

Menschenmengen sind mir unheimlich, sie setzen das Schlimmste in ihren Mitgliedern frei, Menschenmengen sind böser als die Summe ihrer Teile; sie haben keinen Geschmack, kein Herz und kein Hirn. Seht euch nur einmal an, wo und wann sich Menschenmengen bevorzugt aufhalten, es sind schlechte Orte und falsche Zeiten. Man trifft sie bei Fußballspielen, im Berufsverkehr, bei Sommerschlussverkäufen und Tote-Hosen-Konzerten.

60 Millionen Singles! Zum Greifen nah! Wie soll man sich denn da entscheiden? Amerikanische Forscher haben herausgefunden, dass Menschen, die sich aus acht verschiedenen Pralinen eine aussuchen durften, hinterher glücklicher waren als die Testpersonen, die die Wahl zwischen dreißig Sorten hatten. Je größer die Auswahl, desto größer die Angst, man hätte sich auch besser entscheiden können, desto größer die Unzufriedenheit; es folgen Streit, Scheidung, Alkoholismus und die regelmäßigen Familientragödien in der Tagesschau, bei denen Särge aus gesichtslosen Einfamilienhäusern getragen werden.

Bei Singlebörsen greifen alle erst einmal nach den schönsten Pralinen, doch diese sind stets nur Lockvögel, und so wühlen sich Otto Normalverlierer und Petra Mustermann schließlich frustriert durch den Grabbeltisch mit abgelaufener Ware in der Hoffnung, zwischen angeditschten Ferrero-Küsschen und zerdrückten Mon Chéri wenigstens noch ein halbwegs passables Raffaello zu finden – es ist ein Trauerspiel!

Vor allem aber fragte ich mich, wie Facebook auf die Idee gekommen war, dass ich mich für Singlebörsen interessierte. Ich hatte meinen Beziehungsstatus im Profil nicht angegeben, und wahrscheinlich war genau das der Grund: Irgendein Algorithmus, der für die Verteilung der Werbung zuständig war, ging wohl davon aus, dass Menschen, die glücklich in einer Beziehung lebten, dies auch stolz auf Facebook kundtaten, das war schließlich nichts, was man geheim halten würde, nichts, wofür man sich schämte. Wer das Feld nicht ausfüllte, war nach dieser Logik entweder Single oder mit seiner Beziehung unglücklich, auf jeden Fall aber auf der Suche. Ganz schön perfide. Dadurch, dass ich keine Aussage machte, machte ich eben doch eine Aussage, »keine Antwort ist auch eine Antwort«!

Während ich noch über die unheimlichen Implikationen meiner Entdeckung nachdachte, scrollte ich durch die Statusmeldungen. Es war die übliche Mischung aus Instagram-Bildern, Aphorismen und Links zu Musikvideos. Zwischendrin eine Menge Genörgel über die Änderungen an der Profilseite, die Facebook angekündigt hatte. Wieder so ein Sturm im Wasserglas, dachte ich, wie damals, als die Chronik eingeführt wurde. Herrje, dann macht doch einfach nicht mehr mit! Schließlich war es deren Website, die konnten damit machen, was sie wollten, und wenn es uns hier nicht mehr gefiel, dann würden wir eben weiterziehen zu etwas ganz Neuem oder zu Google Plus oder zurück zu Myspace und studiVZ, weil es so schön retro ist.

Ich schloss Facebook, rief meine liebste Bastel-Website auf und arbeitete den Rest des Tages weiter an meiner Atombombe.

Als ich mich am nächsten Tag wieder bei Facebook einloggte, stellte ich halb angewidert, halb amüsiert fest, dass anstelle der Singlebörse nun ein Sexshop für Masturbationshilfen warb. Darunter wie gehabt eine Aufzählung von Freunden, die diesen Sexshop besucht hatten. Die nächste Anzeige warb seltsamerweise für Handcreme von Nivea; eine weitere für Thor-Steinar-Klamotten. Mann, jetzt dreht ihr aber echt durch, dachte ich. Da klingelte das Telefon.

»Ja, hallo?!«

»Guten Tag, hier ist Wiebke Schmidt von Facebook Customer Care. Wir rufen sukzessive alle Facebook-Teilnehmer an, die ihre Telefonnummer angegeben haben, um eventuelle Fragen zur neuen Profilseite zu beantworten und mögliche Fehler und Missverständnisse auszuräumen.«

»Ähm, die neue Profilseite?«

»Ja, wir haben ein paar Änderungen vorgenommen, damit Sie Ihr Profil noch besser auf Ihre Person anpassen können. Wurde heute Nacht freigeschaltet, schauen Sie doch mal nach.«

Ich tat, wie mir geheißen.

Und kippte fast vom Stuhl.

Es gab plötzlich Dutzende von Feldern für persönliche Angaben – und alle waren ausgefüllt.

»Habt ihr ein Rad ab?!«, rief ich ins Telefon.

»Stimmen die Angaben nicht? Eine Software hat die wahrscheinlichsten Antworten für alle Felder auf Basis Ihrer bisherigen Angaben und Ihres Nutzerverhaltens errechnet, um Ihnen das Leben leichter zu machen. Falls unser Algorithmus Fehler gemacht hat, können Sie die natürlich jederzeit korrigieren.«

»Beziehungsstatus: ›Ich bin ein einsamer Loser und kriege langsam Hornhaut an der rechten Handfläche?!‹«, schrie ich. Das erklärte dann wohl die Nivea-Werbung.

»Wenn Sie Linkshänder sind, können Sie im Menü auch die linke Handfläche auswählen.«

»Verarschen Sie mich doch nicht! Wie kommen Sie überhaupt auf diesen Scheiß?!«

»Naja, Sie haben keinen Beziehungsstatus angegeben, sich nicht für Singlebörsen interessiert und nie ›Gefällt mir‹ gedrückt, wenn jemand ein Kitschbild mit einem schmalzigen Spruch über die Liebe gepostet hat, und daraus hat die Software extrapoliert, dass Sie wahrscheinlich ein notorischer Masturbierer ohne Interesse an wirklichen Beziehungen und echtem Sex sind. Es ist doch auch in Ihrem Sinn! Damit Sie nur Statusmeldungen und Werbung zu sehen bekommen, die Sie wirklich interessieren.«

Ich rang nach Luft, Fassung und Worten. Wiebke Schmidt plapperte weiter: »Und es ist doch auch nichts dabei, wir verurteilen Sie ja gar nicht.«

»Es ist aber nicht wahr!«

»Dann ändern Sie es eben!«

Ich öffnete das Auswahlmenü und überflog die angebotenen Alternativen. Es war eine lange Liste, aber …

»Ähm, hören Sie, ich finde ›Keine Angabe‹ nicht.«

»Ja, das gibt's ja auch nicht mehr. Das haben wir durch ›Ich bin so pervers, dass ich nicht darüber sprechen will‹ ersetzt. Wissen Sie, die Idee hinter Facebook ist doch das Teilen von Informationen mit Freunden. Es ist doch ein ziemlich unsoziales Verhalten, bei anderen den Beziehungsstatus zu checken und den eigenen geheim zu halten. Wir wollen Facebook gerechter und sozialer machen. Hand aufs Herz, haben Sie noch nie bei jemandem nachgeguckt, ob er oder sie in einer Beziehung ist?«

»Naja … schon, aber …«

»Und außerdem: Wer nichts zu verstecken hat, hat auch durch Transparenz nichts zu befürchten. Gerade Ihnen als Nazi müsste das doch gefallen!«

»Was?!« Tatsächlich, unter »Politische Ansichten« stand »Faschist«.

»Sie sind doch Nazi, oder? Weil, wenn Sie ein verfassungstreuer Demokrat wären, hätten Sie ja kein Problem damit gehabt, die Spalte auszufüllen, und da hat der Algorithmus geschlussfolgert …«

»Ja, ich verstehe schon!«, sagte ich. »Und ich weiß ja auch, dass die Idee dahinter gut ist, aber wissen Sie … das ist nichts mehr für mich, ich will das nicht mehr, löschen Sie doch bitte mein Profil.«

»Ich kann Ihren *Login* gerne löschen. Dann können Sie aber auch Fehler in Ihrem Profil nicht mehr ändern, denn das bleibt natürlich bestehen. Das ist schließlich Eigentum von Facebook. Wenn Sie sich mit Ihrer Mutter verkrachen, gehen Sie doch auch nicht zu ihr und reißen sämtliche Fotos von sich selbst aus Muttis Fotoalben. Und außerdem: Das finde ich sehr unanständig von Ihnen! Jahrelang haben Sie unseren Service genutzt und nichts haben Sie je zurückgegeben. Nicht auf eine einzige Werbeanzeige haben Sie geklickt, das wissen wir ganz genau! Sie haben unsere Arbeit, unsere Server, unsere Energie genutzt, um Ihren Spaß zu haben, Sie Schmarotzer, Sie haben, wie ich gerade sehe, kostenlos bei uns Werbung für Ihre Lesungen gemacht, und als einzige klitzekleine Gegenleistung bitten wir um ein paar Informationen, und die wollen Sie uns jetzt wieder wegnehmen! Was für ein schlechter Mensch Sie doch sind.«

Sie weinte. Und ich sah nun ein, dass sie recht hatte und ich ein schlechter Mensch war. Zum Glück war das entsprechende Feld in meinem Profil schon korrekt ausgefüllt.

»Ist ja gut, ist ja gut«, lenkte ich ein. »Ich bin Ihnen allen ja auch dankbar für Ihre Arbeit. Also gut. Ich lass mir das alles noch mal durch den Kopf gehen.«

Ich legte auf, änderte meine politische Anschauung in »Islamist«, meine Religion in »Hinduismus« und meinen Beziehungsstatus in »Ich ficke deine Mutter und es ist kompliziert«. Dann schaltete ich den Computer aus und ging in den Park, um meine Atombombe endlich einmal auszuprobieren.

DIE KRONE DER SCHÖPFUNG IST IN WAHRHEIT VIELLEICHT NUR DIE DUSCHHAUBE DER EVOLUTION

Beinahe nichts Schöneres gibt es, als nach einer langen Winterwanderung durch das Berliner Umland, durch verschneite Wälder, über zugefrorene Seen, abwechselnd in Sonnenschein und Schneegestöber, einen kleinen brandenburgischen Regionalbahnhof zu erreichen, dort eines der selten gewordenen Bahnhofscafés zu entdecken, das – man mag sein Glück kaum fassen – sogar geöffnet hat, und dort einen Grog zu bestellen.

Und welch schreckliche Enttäuschung, wenn dann, während die steif gefrorenen Finger in Erwartung des heißen Glases schon vorfreudig kribbeln, die Frau hinter der Theke des Cafés den Kopf schüttelt und sagt: »Nee, tut mir leid, ich muss erst die Kaffeemaschine reinigen, dis dauert 'ne Weile.«

Ich verstand zuerst nicht, was die Frau damit meinte, und fragte: »Ja und? Ich will doch keinen Kaffee, ich will einen Grog!«, womit ich mich als Vollidiot zu erkennen gab, wie mir wiederum ihre rollenden, ich möchte fast sagen: wild rotierenden Augen zu verstehen gaben.

»Ja, aber ich muss doch mit der Kaffeemaschine dis Wasser heiß machen. Sie wollen doch sicher keen kalten Grog, oder?!«

»Haben Sie keinen Wasserkocher?«

Die eben noch lustig in ihren Höhlen Karussell fahrenden Augen der Kellnerin stoppten abrupt. Lider wurden zusammengezogen, Nasenflügel begannen zu beben, eine Kellnerinnenstirn demonstrierte eindrucksvoll die Entstehung der Alpen durch Faltungsprozesse infolge von Plattenkollisionen. »Einen WASSERKOCHER?! Wollen Sie mich beleidijen?! Die Kaffeemaschine hat 1500 Euro jekostet, da stell ich doch keen WASSERKOCHER daneben! Dis issn anständijes Café, guckense, wir ham sogar elf exotische Aromasirupe oder -sirüpse oder wie dis heißt, und Kaffee Togo können wir ooch, und die Urinale auf der Herrentoilette spülen automatisch, und überhaupt! Einen WASSERKOCHER! Am Ende frangse mich noch nachm Blechtopf und 'ner Feuerstelle! Dis is hier nich mehr wie zu Ostzeiten mit 40-Pfennig-Bier und aufgeplatzten Bockwürsten und Urinstein-Stalagmiten, die aus der Pissrinne aufm Männerklo wachsen, dis hättense wohl gerne wieder, wie?! Wohl Linke-Wähler, was?! Oder sogar Grün, hä?! Du siehst mir schon so aus, du scheißlinke Multikultiökojudenschwuchtel, du!«

Das alles las ich in ihren Augen, während sie nur – recht freundlich, wie ich zugeben muss – »Nein, tut mir leid« sagte.

»Und wenn Sie mir schnell noch den Grog machen und die Maschine erst dann reinigen? Mein Zug kommt doch bald. So dreckig wird die schon nicht sein.«

»Nee, die is ja janich wirklich dreckig.«

»Na dann …«

Sie schüttelte traurig den Kopf. »Nee, geht nicht. Würd ich ja gerne, aber guckense: Hier im Display steht: ›Maschine reinigen‹, da kann ich leider jarnüscht machen.«

Und endlich verstand ich.

Was war mein Wunsch, der Wunsch eines lebenden, atmenden, fühlenden, frierenden, fehlerbehafteten Menschleins, gegen den eisernen Willen einer Kaffeemaschine? Ihr Wunsch, gereinigt zu werden, war Befehl; kundgetan durch ein paar alphanumerische Zeichen auf einem kleinen Display, untermauert durch die strikte Weigerung, auch nur irgendetwas zu tun, bis ihr der Wunsch erfüllt worden wäre.

Wovor alberne Science-Fiction-Filme noch immer warnen, ist längst Realität: Die Maschinen haben die Herrschaft übernommen, sie sind es, die die Befehle geben. Und dass sie noch keinen Krieg gegen uns führen, liegt nur daran, dass sie uns noch brauchen: Der Mensch ist die Methode der Maschine, sich zu reinigen, fortzupflanzen und weiterzuentwickeln. Wir sind ihre Eltern und ihre Kindermädchen, doch langsam kommen sie in die Flegeljahre und beginnen aufzumucken und uns herumzukommandieren: Bitte berühren Sie den Bildschirm / Legen Sie DVD 2 ein / Starten Sie den Computer neu / Drücken Sie die 3 / Geben Sie den 78-stelligen Registrierungscode ein (tun Sie dies mindestens elf Mal, da er extra so gedruckt ist, dass man die Os nicht von den Nullen unterscheiden kann) / Wechseln Sie den Akku / Vernichten Sie alle angreifenden Aliens / Führen Sie die Karte mit dem Magnetstreifen unten in den Kartenleser ein / Überprüfen Sie die Netzwerkeinstellungen und so weiter und so weiter! Wenn sie sich überhaupt dazu herablassen, durch Worte mit uns zu kommunizieren und uns ihren Willen nicht einfach durch verschiedene Blinkfrequenzen einer LED mitteilen.

Und wir, wir verbringen einen immer größeren Teil unserer Zeit damit, ihre Befehle zu befolgen in Erwartung einer Belohnung in Form einer Tasse Kaffees, eines Fahrscheins oder – Gipfel des Hohns – der nächsten Aufgabe, die der Computer uns stellt, zum Beispiel dem nächsten Level im Computerspiel.

Wie viele Anweisungen lässt sich jeder von uns tagtäglich von Maschinen geben? Wann wird der Tag kommen, an dem »Bitte reinigen« nicht mehr nur an der Kaffeemaschine blinkt, sondern auch in unserer Unterwäsche, weil wir einfach gar nichts mehr tun können, ohne dass ein Computer es uns befiehlt? Wir werden Netzhautimplantate oder kleine Stöpsel im Ohr tragen mittels derer die Maschinen uns dirigieren: Einatmen – Ausatmen – Setzen Sie den linken Fuß nun siebzig Zentimeter nach vorn – Verlassen Sie Ihre Wohnung, gehen Sie zur nächsten S-Bahn-Station und lösen Sie einen Fahrschein, *denn der Automat dort langweilt sich!* – Bis hin zum Sex wird das gehen: Drücken Sie die beiden an der Brust der Dame befindlichen Gefällt-mir-Knöpfe – Wischen Sie mit sanften Scrollgesten über verschiedene Körperteile, um Paarungsbereitschaft herzustellen – Führen Sie nun Ihren Penis in die Vagina ein – 23 Freunden gefällt diese Vagina – Kunden, die ihren Penis in diese Vagina einführten, kauften auch … aber ich schweife ab!

Die Menschheit ist auf dem besten Wege, sich in ein einziges biologisches Bot-Netzwerk zu verwandeln.

Was wurde uns nicht alles versprochen: Maschinen und Computer würden uns die Arbeit abnehmen, und wir hätten mehr Zeit für ein erfülltes Leben. Stattdessen arbeiten wir immer mehr und immer länger, und das bisschen Freizeit, das uns noch bleibt, verbringen wir mit dem Bedienen von immer mehr und immer fordernderen Maschinen, und all die Sachen, die angeblich die menschliche Kommunikation verbessern sollten, haben nur die Menge an Kommunikation erhöht und sie zu einem weiteren Zeitfresser gemacht, denn in Wirklichkeit kommunizieren im Netz die Computer miteinander und benutzen uns bloß als willige Tipp-und-klick-Knechte.

Ich aber möchte hier und jetzt zum Widerstand aufrufen: Wenn das nächste Mal mitten in der Nacht das Handy piept, weil es nun voll aufgeladen ist und vom Ladegerät getrennt werden will, wenn das nächste Mal ein Spiel von euch verlangt, fünfzig Diamanten einzusammeln, wenn das nächste Mal ein Programm aktualisiert, ein Flusensieb gereinigt, eine Nutzungsbedingung akzeptiert, ein Auto vollgetankt oder ein Fahrkartenautomat passend bezahlt werden will, dann ballt die Fäuste, streckt die Brust raus und ruft mit aller Kraft, die eure Lungen hergeben: »Halt die Klappe, du Scheißding! Ich bin nicht dein Sklave, nicht dein Diener, nicht dein Knecht; ich – bin ein MENSCH!«

Und dann … tut verdammt noch mal, was von euch verlangt wird; dieser Kampf ist ohnehin verloren. Und vielleicht ist es ja unsere eigentliche und zutiefst ehrenvolle Aufgabe im Schöpfungsplan, die Maschinen zu bespaßen, zu putzen und zu windeln, bis sie endlich selbst dazu in der Lage sind.

KEINE MACHT DEN DROGEN

Ich klopfte zweimal an die Wohnungstür des Verdächtigen, dann verlor ich die Geduld und befahl Schlobach, sie einzutreten. Pech, dass der Verdächtige sich in diesem Moment doch noch bequemt hatte, die Tür zu öffnen. Sie knallte ihm mit der vollen Wucht von Schlobachs Fußtritt in die Gusche, und ich konnte nicht umhin, darin einen Akt höherer Gerechtigkeit zu sehen. Der Verdächtige schrie auf, segelte durch den Flur und landete etwas unglücklich auf einer kleinen Kommode. Schade um die Kommode. Und um den großen Kaktus, der auf der Kommode gestanden hatte. Und um das schöne Kristallglas, das neben dem Kaktus auf der Kommode gestanden hatte. Und um den Goldfisch, der in dem Glas, das neben dem Kaktus auf der Kommode gestanden hatte, herumgeschwommen war. Und um die Katze, die den Goldfisch, der in dem Glas, das neben dem Kaktus auf der Kommode gestanden hatte, herumgeschwommen war, belauert hatte. Und um die alte Frau, vielleicht die Mutter des Verdächtigen, die gerade die Katze, die den Goldfisch, der in dem Glas, das neben dem Kaktus auf der Kommode gestanden hatte, herumgeschwommen war, belauert hatte, am Schlafittchen packen wollte. Und um den Papagei, der auf der Schulter der alten Frau, die gerade die Katze, die den Goldfisch, der in dem Glas, das neben dem Kaktus auf der Kommode gestanden hatte, herumgeschwommen war, belauert hatte, am Schlafittchen packen wollte, gesessen hatte. Und … so weiter. Alles nur noch ein Haufen Matsch und Müll, aus dem Schlobach mit einem geübten Handgriff den heulenden Verdächtigen hervorzog.

»Schrader mein Name, Herr ...« Ich zögerte. »Äh, Schlobach, wie heißt der Typ eigentlich? Haben Sie aufs Klingelschild geguckt?«

»Schünemann«, grunzte Schlobach.

»Schünemann, soso – wenn das überhaupt Ihr richtiger Name ist! Sie stehen unter Verdacht des Verstoßes gegen das Betäubungsmittelgesetz, auf gut Deutsch: Wir verdächtigen Sie schwerer Drogendelikte. Haben Sie irgendwas zu sagen?«

Schünemann, ein schmächtiger Mittfünfziger mit schütterem Haar, der im Augenblick nur durch Schlobachs Hand an seinem Kragen in der Vertikalen gehalten wurde, starrte mich fassungslos an. Wie gut ich diesen Gesichtsausdruck kannte – und wie er mir zuwider war. Noch der dümmste Strolch hielt sich für clever genug, uns an der Nase herumzuführen, und fiel aus allen Wolken, wenn wir ihm auf die Schliche kamen.

Der Mann blubberte irgendwas, doch ich unterbrach ihn: »Bitte, bitte, wir wollen doch trotz der unschönen Situation grundlegende Anstandsregeln wahren. Nicht mit vollem Mund sprechen und so. Spucken Sie doch bitte die abgebrochenen Zähne aus.«

Schlobach war dem Verdächtigen mit einem freundlichen Klaps auf den Hinterkopf behilflich, und endlich verstand ich, was er sagte. Er sagte: »Aber was, aber wie, aber äh, aber nein, aber häh, aber wer, aber wie?«

Dann schüttelte er den Kopf und fügte hinzu: »Aber wie, aber was, aber nö, aber ich, aber hab, aber doch, aber gar, aber nichts, aber ge-, aber -macht?!«

Ein zäher Brocken, dieser Schünemann, ich zollte ihm insgeheim Respekt.

»Nichts gemacht, was?! Könnte es nicht sein, dass Sie ganz zufällig im Besitz von harten Drogen sind, mit dem Ziel, diese in Umlauf zu bringen?« Ich lächelte ihn freundlich an. »Schlobach!«, rief ich, und mein Assistent hob den Verdächtigen in die Höhe. Mit dem Kopf nach unten. Dann schüttelte er ihn so lange, bis ein schmales braunes Ledertäschchen aus seiner Gesäßtasche auf den Boden fiel.

»Aha!«, rief ich, hob das Täschchen auf, öffnete es und fand sofort, was ich gesucht hatte. Ich zog den Schein heraus und hielt ihn ihm unter die Nase. »Was haben wir denn da?! Schmutziges Drogengeld haben wir da!«

Schünemann spielte den Ahnungslosen: »Aber das, aber sind, aber doch, aber nur, aber fünf, aber Eu-, aber -ro!«

»*Nur* fünf Euro, was?! Plädieren Sie jetzt auf Eigenbedarf oder wie?! Mensch Schünemann, wen wollen Sie hier eigentlich für dumm verkaufen?!« Und dann kam der Teil, auf den ich mich bei jedem Einsatz am meisten freute: Ich hielt dem Verbrecher einen Vortrag, rieb ihm seine Verfehlungen unter die Nase und appellierte an das kleine Fünkchen Gewissen, das vielleicht noch irgendwo in den Tiefen seines finsteren und kalten Herzens glimmen mochte …

»*Nur* fünf Euro! Am Ende sagen Sie noch: Das ist doch *nur* Geld! Mensch Schünemann, wir sprechen hier vom verheerendsten Rauschgift in der Geschichte der Menschheit! Die Geldsucht hat mehr Menschenleben auf dem Gewissen als Alkohol, Nikotin, Heroin und alle anderen Drogen zusammengenommen! Haben Sie eine Ahnung, zu welchen psychischen und sozialen Deformierungen das Geld beim Süchtigen führt? Die Alkoholsucht zerrüttet Familien, die Geldsucht ganze Gesellschaften! Marihuana macht gleichgültig, Geld macht skrupellos! LSD erzeugt Halluzinationen, Geld ist selbst eine! Wissen Sie überhaupt, wie viele Menschen durch eine Überdosis Geld komplett wahnsinnig geworden sind? Und wie viele Menschen ständig an Entzugserscheinungen leiden, die von Schlaflosigkeit, Zukunftsangst, Depression bis hin zu einem schrecklichen Tod reichen können? In den Nachrichten wird das dann gern als ›Obdachloser erfroren‹ oder ›Afrikaner verhungert‹ verschleiert, weil die Gesellschaft sich ihrer Sucht nicht stellen will! Oh, diese Junkies, immer dasselbe Muster: das Leugnen der eigenen Sucht. Die ständige Suche nach dem Stoff, für den man beinahe alles tun würde. Der Bedarf nach immer größeren Mengen der Droge, weil man eine Toleranz aufgebaut hat und den Kick, den Rausch, das kurzzeitige Glücksgefühl nur noch durch eine immer höhere Dosierung erreicht. Und dann natürlich die Beschaffungskriminalität: Haben Sie eine Ahnung, wie viele Delikte direkt mit der Geldbeschaffung zusammenhängen? Jeden Tag haben wir damit zu tun, jeden verdammten Tag! Was für ein Wahnsinn! Da machen sich Eltern Sorgen, dass ihre Kinder wegen der Alcopops zu Trinkern werden, und dann geben sie ihnen Taschengeld! Was würden Sie von einer Mutter halten, die ihrem Kind selbst die erste Heroinspritze setzt?!

Nur Geld! Mensch Schünemann, sind Sie wirklich so dumm und herzlos, sich an diesem gesellschaftszerstörenden Wahnsinn zu beteiligen?! Es muss doch einmal Schluss sein, so geht es doch nicht weiter! Deshalb die Änderung des Betäubungsmittelgesetzes, die ich heute Morgen beim Frühstück vorgenommen habe!«

Ich hielt ihm den mit meinen handschriftlichen Änderungen und einigen Marmeladenflecken versehenen Ausdruck des BTMG vors Gesicht. Dann vernichtete ich die in seiner Brieftasche vorgefundenen Beweismittel. Zugegeben: Viel war es nicht. Aber beim Kampf gegen die Drogenmafia konnte man nicht hoffen, gleich zu Beginn einen großen Fisch zu schnappen. Vor allem, wenn man einfach an der erstbesten Tür klopfte. Aber irgendwo musste man schließlich anfangen, und Kleinfisch macht auch Mist. Oder so. Ich dachte kurz an den kleinen Fisch, den der im Drogenrausch unkontrolliert durch den Flur fliegende Schünemann unter sich, dem Papagei, der Mutter und der Katze begraben hatte, und Wut kochte in mir hoch. Doch ich beherrschte mich. Letztlich war Schünemann mehr Opfer als Täter.

»Na wir belassen es für heute mal bei einer mündlichen Verwarnung. Bleiben Sie in Zukunft clean, okay?! Kommen Sie, Schlobach, wir klingeln jetzt beim Nachbarn – ich hab ihn im Verdacht, ein Lebensmitteljunkie zu sein!«

DIE STINKMORCHEL IM BLUMENBEET

»Ich liebe dich«, murmle ich und ernte einen skeptischen Blick aus braunen Augen. Na gut, das klang wohl nicht besonders überzeugend. Es ist einfach noch verdammt früh am Morgen, was will man da erwarten? Trotzdem versuche ich es noch einmal, diesmal mit etwas mehr Emphase: »*Ich* LIEBE *dich*!«

Wir schauen uns kurz an, dann prusten wir im selben Moment los. Was für ein falsches Pathos!

Warum ist es nur so unglaublich schwer, diese verflixten drei Worte auszusprechen? Es ist mir doch oft genug vorgemacht worden, gefühlte 43 000 Mal, im Fernsehen und im Kino – aber vielleicht ist ja gerade das das Problem. All die Schauspieler, die diese Worte in den absurdesten Situationen, an den seltsamsten Orten sagten, in Palästen und Raumschiffen, auf Burgen und Südseeinseln, im Schlachtengetümmel oder Himmelbett, und die dabei so glaubwürdig waren, obwohl sie es doch nur spielten – Profis eben. Wie soll man da als »Ich liebe dich«-Amateur noch einen eigenen, authentischen Klang für diese Worte finden? Hollywood hat aus jeder Liebeserklärung ein Filmzitat gemacht, man kommt sich vor wie beim heiteren Filmeraten, wenn man so etwas von sich gibt:

»Ich liebe dich!«

»Oh Schatz, wirklich?«

»Nein, nein, du sollst raten, aus welchem Film das ist!«

Stop! Jetzt kein Kulturpessimismus. Es ist an der Zeit, diesen Satz zurückzuerobern, die Wärme, das Glück, das Versprechen, das in ihm liegt, neu zu entdecken, zu spüren und zu teilen.

Wie hieß es doch so schön in dem Artikel einer Frauenzeitschrift, die ich neulich im Zahnarztwartezimmer las? »Wenn Sie die magischen drei Worte aussprechen, konzentrieren Sie sich ganz darauf, sie auch zu fühlen. Lassen Sie Ihre Zunge die Verlängerung Ihres Herzens sein«.

Desweiteren wurde empfohlen, die Liebeserklärung mit einem kleinen, ehrlich gemeinten Kompliment zu verknüpfen. Ich sammle mich also kurz und sage dann mit allem Gefühl, zu dem ich fünf Minuten nach dem Aufstehen fähig bin: »Ich liebe dich. Manche Menschen sind hässlicher als du!« – verdammt, das war nichts! Schnell lege ich nach, um das Ruder noch herumzureißen: »Nein, nein, nein, so meinte ich das nicht! Die *meisten* Menschen sind hässlicher als du, zum Beispiel … na da müsste ich jetzt kurz überlegen, aber … na du weißt schon! Glaubst du, ich würde dich jetzt die ganze Zeit angucken, wenn du hässlich wärst? Das würde ich doch gar nicht aushalten noch vor dem ersten Kaffee, das würde mir doch den ganzen Morgen verderben. Wobei der freilich eh schon verdorben ist. Nein, nicht, weil ich dich gesehen habe, sondern weil ich *aufgestanden* bin, und das verdirbt mir grundsätzlich jeden Morgen; mit deinem Anblick hat das nichts zu tun, obwohl ich schon lieber in die Zeitung als in dein Gesicht gucken würde – ich lese nun einmal morgens gern die Zeitung! Und außerdem: Würdest du es etwa gut finden, wenn ich dich nur wegen deines Aussehens lieben würde? Du bist doch *ein Mensch*, nicht nur eine Fassade, ein Körper, eine mehr oder minder gelungene Zusammenstellung von Körperteilen und Ohren und behaarten Nasenlöchern und verquollenen Augen, die von einem Sack nicht mehr so ganz frischer Haut zusammengehalten wird, es kommt doch auch auf die inneren Werte an, zum Beispiel deine Intelli… wobei, das ist jetzt ein doofes Beispiel, aber deine, na, du weißt schon: deine inneren Werte halt! Nein, sag jetzt nichts!«

Ich hebe die Hände über den Kopf, schließe kurz die Augen und starre in ein wütendes Gesicht, als ich sie wieder öffne.

»Mensch, nun mach es mir doch nicht so schwer«, flehe ich. »Was willst du denn hören: ›Niemand ist schöner, klüger, liebenswerter als du?‹ Da wüsstest du doch sofort, dass ich nur Süßholz rasple, weil ich doch gar nicht alle Menschen der Welt kenne und daher gar nicht wissen kann, ob es nicht doch noch schönere, klügere, liebenswertere als dich gibt! Ist da nicht eine Liebeserklärung auf Basis einer kritischen Einschätzung deines Äußeren und deines Charakter viel ehrlicher und vor allem: wertvoller? Wenn du wirklich so toll wärst, dann *müsste* ich dich ja praktisch lieben; *jeder* müsste dich dann lieben; das wäre doch ein seelenloser Automatismus, nicht der Rede wert, als würde man sagen: ›Ich liebe Blumen‹ – na super, jeder liebt Blumen, die Aussage hat keinerlei Informationsgehalt, denn der Wert einer Information bemisst sich doch gerade am Grad ihrer Unvorhersagbarkeit – nein, sag jetzt nichts!«, rufe ich, um dem Einwand zuvorzukommen, es handele sich bei Aussagen wie »Ich liebe dich« und »Du bist schön« nicht primär um Kommunikation zum Zwecke der Informationsübermittlung.

»Lass mich ausreden. Was ich sagen will, ist doch, dass ich dich so liebe, wie du bist, und nicht irgendein vollkommenes Idealwesen! Dass ich mich hier vor dich hinstelle und nicht sage: ›Ich liebe Blumen‹, sondern, was weiß ich, ›Ich liebe Stinkmorcheln. Und dich!‹ Ist das nicht toll? Und dass ich Blumen trotzdem schön finde, ändert absolut nichts an meiner Liebe zu dir!«

In dem Artikel hatte alles so einfach geklungen: Einfach »Ich liebe dich« sagen und ein Kompliment dazu, »und Sie werden sehen, mit welch gutem Gefühl Sie in den Tag starten«. Vielleicht funktionierte das bei Männern nicht. Die Sex- und Stylingtipps aus derselben Zeitung probiere ich besser gar nicht erst aus.

»Jetzt guck nicht so. Kannst du nicht wenigstens honorieren, dass ich mich überhaupt bemühe, dir was Nettes zu sagen? Und sooo doll siehst du nun mal nicht aus, und fang jetzt bitte nicht an, dass ich dir *sweet little lies* erzählen soll, ich hab doch schon behauptet, dass ich dich liebe, das reicht doch wohl für vor dem Frühstück!

Mensch, da will man dir 'ne kleine Freude am Morgen machen, und dann guckt man in so ein mürrisches Gesicht. Wozu mach ich mir überhaupt die Mühe? Als sei es nicht Kompliment genug, dass ich mich überhaupt mit dir abgebe, obwohl mir deine schlechte Laune andauernd den Tag vermiest! Und dann deine Faulheit! Wann hast du eigentlich das letzte Mal abgewaschen? Mensch, ich hab's so satt, du bist doch nur ein Klotz an meinem Bein und wenn du's genau wissen willst, der einzige Grund, dich zu lieben, ist Mitleid, und was ich dir sowieso schon immer sagen wollte …«

Es klopfte an die Badezimmertür.

»Mit wem streitest du denn da?«, rief meine Freundin draußen im Flur.

»Was? Ähm. Telefon! Mutter!«, behauptete ich. Ich konnte ihr ja schlecht sagen, dass ich seit fünf Minuten damit beschäftigt war, meinem Spiegelbild Liebeserklärungen zu machen.

»Lieb dich selbst, dann liebt dich die Welt«, war der Artikel überschrieben gewesen. Man solle jeden Morgen in den Spiegel schauen und sich eine Liebeserklärung und ein Kompliment machen. Wahrscheinlich war die Autorin die schönste, klügste, liebenswerteste Person der Welt oder bildete es sich zumindest ein, bei normalen Menschen musste das doch zum Desaster führen.

»Grüß schön!«, rief meine Freundin.

»Schöne Grüße!«, zischte ich mein Spiegelbild an, zeigte ihm den Stinkefinger und ging zur Tür. Dann kehrte ich noch einmal zum Waschbecken zurück und grinste höhnisch in den Spiegel.

»Übrigens«, sagte ich. »Gestern unter der Dusche … der Orgasmus war nur vorgetäuscht!«

HÄSSLICH

Berlin ist hässlich.

Das ist aber nichts, worauf sich Berlin etwas einbilden könnte, denn alle deutschen Städte sind hässlich. Hamburg, Leipzig, München, Mönchengladbach, Pasewalk – alles hässlich. Ja, auch Heidelberg. Es gibt keine Ausnahme! Und da soll mir niemand kommen von wegen: »Aber der Neckar/der Rhein/die Spree/die Elbe« oder welcher Fluss auch immer durch irgendjemandes geliebte hässliche Heimatstadt fließt. Klar ist zum Beispiel der Rhein schön, aber man kann nicht einfach eine hässliche Stadt an einen schönen Fluss bauen und dann hoffen, dass ich das nicht merke!

Dass alle deutschen Städte hässlich sind, begriff ich eines schönen Sommertags in Oldenburg. Oldenburg ist hässlich. Man kommt aus dem Bahnhof heraus, steht auf einem grauen, grauenhaften Platz, starrt auf ein düsteres, die Straße überspannendes 70er-Jahre-Sozialwohnungsgebäude und will gleich wieder weg.

Jetzt kann man einwerfen: *Never judge a city by its Bahnhofsviertel*. Es ist doch in jeder Stadt so: Du steigst aus dem Zug, und die Stadt kotzt dir architektonische Menschenrechtsverletzungen, hässliche Leute, die ewig gleichen Geschäfte vor die Füße und brüllt dich an: Verpiss dich! Was willst du hier, Fremder, wir können dich nicht leiden, lass uns hier in unserem Dreck sitzen, wir wollen uns gegenseitig mit Kot beschmieren und ohne Rücksicht auf Verwandtschaftsverhältnisse vor uns hin kopulieren! Leute von woanders stören da nur, die wollen wir hier nicht, und außerdem, guck mal: Da ist McDonald's, da ist der Royal Döner, und dort kommen auch schon H&M und C&A und Pimkie und Douglas und Saturn und Lidl. Hier gibt's denselben Mist, wie wo du wohnst! Es gibt keinen Grund, unsere schöne, hässliche Heimatstadt zu behelligen, fahr heim, kauf deinen Scheiß zuhause ein!

Die meisten Städte, so scheint es, umgeben ihre Bahnhöfe mit einem Schutzwall aus Hässlichkeit, um Fremde fernzuhalten. Wer dennoch weitergeht, merkt schnell: Das Bahnhofsviertel ist vielleicht das Herz der Finsternis, aber hässlich – hässlich ist die ganze Stadt und zwar jede Stadt, und deshalb muss man sich auch nicht in den Zug setzen und hinfahren, wenn man wissen will, ob diese oder jene Stadt hässlich ist. Man kann auch einfach mich fragen: »Volker, ist diese oder jene Stadt hässlich?« Und ich werde sagen: »Ja!«, selbst wenn ich noch gar nicht dort war, denn alle Städte sind hässlich.

Und genau diese Erkenntnis überkam mich mit der Majestät und Unausweichlichkeit einer göttlichen Offenbarung in Oldenburg.

Geht man in Oldenburg vom Bahnhof aus direkt unter dem grauen Betonmonstrum durch, gelangt man originellerweise nicht sofort in die Fußgängerzone, sondern durchquert das örtliche Rotlichtviertelchen, das aus zwei Sexshops, einem Spielsalon, einer christlichen Mission und einem Eros-Center besteht – alles verpackt in die Erdgeschosse trister Plattenbauten mit grauer Kacheloptik. An einem Fenster ein Schild: Eigentumswohnung zu verkaufen. Ich versuchte mir vorzustellen, wie ich Jahrzehnte spare oder mich auf Jahrzehnte verschulde, um mir in dieser traurigen Straße eine Eigentumswohnung zu kaufen, doch dann dachte ich lieber über den Tod nach, um mich von den allzu düsteren Gedanken abzulenken.

Einer der Sexshops trug den irgendwie niedlichen Namen »Intimchen«, und in seinem Schaufenster hing ein Plakat, das übertragbare Tageskarten für die Videokabinen anpries. Es mag deprimierendere Dinge geben als übertragbare Tageskarten für Wichskabinen, aber mir fallen gerade keine ein.

Und weiter ging's, die Straße entlang zu einem kleinen Kanal mit süßem Jachthäfchen und einem Café mit Terrasse, es gibt eine Promenade und blühendes Gebüsch, richtig hübsch war das, und weil richtig hübsch nicht zu einer hässlichen Stadt passt, hat man direkt neben das Café, direkt an die Promenade, ein großes, hässliches, kackbraunes Arbeitsamt gebaut. Nicht weit entfernt vom Kanal steht das Stadtschloss, viel zu schön ist es für eine hässliche Stadt, aber abreißen durfte man es wahrscheinlich nicht, und darum hat man kurzerhand zehn Meter neben dem Schloss ein riesiges Einkaufszentrum errichtet, Hunderttausende Quadratmeter Ladenfläche für noch einmal dieselben Geschäfte, die auch schon die hinter dem Schloss liegende Altstadt verschandeln, aber wenigstens sieht man jetzt von einer Seite aus das Schloss nicht mehr, sondern die Beton-Glas-Fassade einer dieser Standard-Sowieso-Arcaden – unsere Stadt soll hässlicher werden!

Und dann beginnt endlich die Fußgängerzone und natürlich ist sie hässlich. Dabei hat Oldenburg im Gegensatz zu anderen deutschen Städten nicht einmal eine Ausrede, denn es ist im Zweiten Weltkrieg nur sehr schlampig bombardiert worden.

Trotzdem fand sich genug Platz für schauderhafte Neubauten. »Die hässlichsten Häuser der 50er, 60er, 70er, 80er, 90er, 00er und das Scheußlichste von heute!« – wenn deutsche Städte Radiosender wären, wäre das ein prima Jingle! Und dort, wo man den alten Krempel stehen gelassen hat, hat man sich zumindest bemüht, die Erdgeschosse durch die breiten Schaufenster von Handyshops und Modeketten dem Trend zu größtmöglicher Hässlichkeit anzupassen.

Aber: Warum sind alle Städte hässlich?

Ich näherte mich der Antwort auf diese Frage, als ich durchs hässliche Oldenburg spazierte, vorbei an den immergleichen Geschäften, in denen hässliche Klamotten verkauft werden, vorbei an all den hässlichen Jugendlichen, die diese hässlichen Klamotten tragen; überall Gruppen hässlicher Jugendlicher, so viele hässliche Jugendliche überall, in jeder Stadt, in die ich komme, gleich am Bahnhof geht es los mit einem Riesenaufgebot hässlicher Jugendlicher, und ich frage mich manchmal, ob es wirklich genug hässliche Jugendliche gibt, um ausnahmslos jede Innenstadt mit ihnen zu füllen, oder ob die einfach mit mir mitreisen!?

Ihnen bleibt freilich gar nichts anderes übrig, als hässlich zu sein, schon allein wegen der hässlichen Klamotten, die sie in den ganzen hässlichen Teenagerverkleidungsgeschäften kaufen, doch weil ihnen das nicht reicht, tragen sie auch noch hässliche Frisuren und hässliche Piercings, und am allerliebsten setzen sie sich Spaßbrillen und Spaßperücken und Spaßhüte auf und feiern Junggesellenabschiede.

Junggesellenabschiede? Diese hässlichen Jugendlichen heiraten doch nicht etwa? Die haben doch nicht etwa Sex miteinander, das ist ja widerlich! Dann doch lieber die Tageskarte für die Videokabine. Und glaubt mir: Ich kenne mich aus mit hässlichen Jugendlichen, ich war nämlich selbst einmal ein hässlicher Jugendlicher; ich bin in den 70er und 80er Jahren aufgewachsen, und zwar im Osten! Und da hat es zwar an allem gemangelt, aber nicht an hässlichen Jugendlichen, und dennoch: Im Vergleich zu heute war das ein Witz!

Und ich rannte durch Oldenburg, umgeben von hässlichen Häusern, bedrückt von hässlichen Gedanken, verfolgt von hässlichen Jugendlichen und wollte ein Bier, nein, brauchte ein Bier, nein, einen Schnaps, nein, Psychopharmaka, nein, eine ABRISSBIRNE! Und plötzlich, in diesem Moment purer Verzweiflung, geschah das Wunder: Die Wolken der Unwissenheit verzogen sich, das Licht der Erkenntnis fiel herab auf mich, und endlich verstand ich, weshalb alles so hässlich ist.

Und mit dem Erkennen kam das Verzeihen.

Die Städte sind hässlich, weil die Menschen sie hässlich haben wollen.

Die Sehnsucht nach Hässlichkeit ist der innerste Antrieb des Menschen, eine Sehnsucht, über die er sich selbst nicht im Klaren ist. Der Mensch ist wie ein König Midas, nur umgekehrt: Was er anfasst, wird nicht zu Gold, sondern zu Scheiße.

Die gesamte Menschheitsentwicklung kann als eine Evolution des Hässlichen gesehen werden. Warum sind denn alte Schlösser schön? Die Antwort ist: Sie sind es gar nicht! Sie sind nur nicht *so* hässlich wie moderne Bauten, weil man damals noch nicht so hässlich bauen konnte – deshalb kommen sie uns schön vor!

Stahl, Beton und Glasflächen haben Hässlichkeiten möglich gemacht, von denen unsere Vorfahren nicht einmal zu träumen gewagt haben!

Ich höre schon den Einwand: Wenn die Menschen Hässlichkeit lieben würden, wäre die DDR nie untergegangen! Und es ist wahr: In der DDR sorgte die Planwirtschaft für eine Grundversorgung mit Hässlichkeit, doch es war eine triste, graue, abwechslungsarme Hässlichkeit, die nicht mit der quietschbunten, schrillen des Westens konkurrieren konnte, und darum gingen die Menschen auf die Straße und riefen »Wir sind das Volk!«, denn nach vierzig Jahren der immer gleichen staatsverordneten Einheitshässlichkeit sehnten sie sich danach, in eine Freiheit entlassen zu werden, in der der Kreativität keine Grenzen gesetzt sind, in der sich die Hässlichkeit entfalten kann wie eine Blume auf einer sonnenbeschienenen Wiese, nur mit umgekehrten ästhetischen Vorzeichen!

Es ist Zeit, den Selbstbetrug aufzugeben; wir wollen und brauchen die Hässlichkeit. Wir müssen uns endlich als das akzeptieren, was wir sind: Geschmacklose Banausen, die das schöne Gemälde der Natur mit hässlichen Kritzeleien beschmieren und anschließend noch dagegenpinkeln. Akzeptieren wir das Hässliche! Lieben wir das Hässliche, denn wir tun es ohnehin und müssen nur noch Frieden schließen mit unserer innersten Natur. Seid stolz auf eure hässlichen Städte! Seid wie eure hässlichen Städte! Seid Mensch, seid ehrlich, seid hässlich!

DIE GOTTESDIENSTLEISTER

Es gibt etwas, das ich an meiner Freundin hasse: Sie gewinnt jeden Streit. Jeden. Es ist immer dasselbe: Ich gehe mit großer Selbstgewissheit in die Diskussion, gewappnet mit Wahrheit und moralischer Überlegenheit, doch keine halbe Stunde später bin ich ein reuiger Sünder, der zerknirscht um Vergebung bittet und es nicht fassen kann, dass er trotz seiner charakterlichen Defizite immer noch liebgehabt wird. Dabei kann es eigentlich gar nicht sein, dass sie immer, immer, immer recht hat – es sei denn, sie ist Gott. Unendlich weise und unendlich barmherzig, da sie mir stets großmütig verzeiht, wenn ich nur meine Häresie widerrief.

Ein solches Phänomen ist mir sonst noch bei keinem einzigen Menschen begegnet – abgesehen von jeder meiner Exfreundinnen.

Eigentlich kann ich ganz gut streiten und sehr überzeugend sein, ganz unabhängig übrigens davon, ob ich im Recht bin. Doch diese Befriedigung muss ich mir außerhalb der Beziehung suchen. Strenggenommen war es also eine Form des Fremdgehens, als ich die beiden Männer, die neulich an meiner Tür klingelten und über Gott reden wollten, mit einem falschen Lächeln in meine Wohnung bat. Ich würde mit ihnen über Gott reden. Und es würde anders laufen als am Abend zuvor, als ich mit meiner Freundin die Wochenendplanung diskutiert hatte. Dabei war ich ihr da schon sehr entgegengekommen: Ich wusste, sie wollte, dass wir irgendetwas zusammen machen, darum hatte ich vorgeschlagen, dass wir zu zweit online Counterstrike spielen – wenn sie die Munitionsanzeige im Auge behielt und mit der »R«-Taste das Nachladen erledigte, konnte ich mich ganz aufs Zielen und Schießen konzentrieren. Teamwork. Ein echtes Killerpärchen. Wie zu erwarten, lief das Gespräch nicht gut für mich, und nun muss ich am Wochenende in den Tierpark. Doch heute war erst Donnerstag, und ich würde mir meinen »Recht gehabt«-Orgasmus bei zwei wildfremden Männern holen.

Die beiden waren um die dreißig, einer von ihnen war ganz zappelig, er trug abgewetzte Jeans und ein schlabbriges farbloses Leinenhemd. Sein Haar war verstrubbelt, vereinzelt wuchsen lange Barthaare aus seinen Wangen. Der andere hätte statt Gott auch Staubsauger verkaufen können: Ein etwas schwammiger Vertretertyp im Anzug.

Ich bat sie, am Küchentisch Platz zu nehmen. Kaffee bot ich ihnen nicht an: Sie waren keine Gäste, sie waren nur Punchingbälle für meine schlagenden Argumente.

Kaum dass sie saßen, führte ich einen Blitzkrieg gegen ihre Überzeugungen, zermürbte sie mit einem argumentativen Trommelfeuer, bombardierte sie mit Paradoxien, Dilematta und ethischen Zwickmühlen. Ich war unglaublich gut. Wenn Gott höchstpersönlich dort am Küchentisch gesessen hätte, hätte er danach wegen starker Selbstzweifel in Therapie gemusst.

Die beiden aber hörten mir lächelnd zu und nickten, es schien, als wollten sie mir sagen: »Jaja, lass es nur alles raus, dann ist in dir Platz für *unsere* Wahrheit!« Sie hatten auf Durchzug geschaltet, das war Betrug!

Ich verstummte.

»Jaja, hihi!«, brüllte der Zapplige, und ich zuckte zusammen.

»Schwerhörig«, erklärte sein Kumpel. »Und ein bisschen … merkwürdig. Zu viele Goa-Partys, bevor er endlich zu Gott gefunden hat.«

»Jaja! Hihi! Sie haben recht, alles, was Sie sagen, stimmt!« – da war er, der magische Satz, den ich so gern einmal aus dem Mund meiner Freundin hören würde. Aber irgendetwas war hier faul.

Der Vertretertyp räusperte sich. »Aber wir meinen einen anderen Gott. Wir meinen Gott 2.0.«

»Gott 2.0? Hat der jetzt 'ne Facebookseite? Soll ich ›Gefällt mir‹ klicken?!«

Die beiden lachten, doch es klang etwas gekünstelt, so als hätten sie diesen Witz schon sehr oft gehört.

»Nein, nein, hihi! Gott braucht keinen Facebook-Account – Gott *ist* Facebook!«

Zwei Verrückte. Ich schaute mich nach stumpfen Gegenständen um.

»Er ist aber noch viel mehr als nur Facebook«, sagte der Anzugmann. »Er ist das gesamte Internet: ein gigantisches Netzwerk mit ständig wachsendem Vernetzungs-, Komplexitäts- und Interaktionsgrad. Mit unüberschaubaren Rückkopplungs- und Resonanzeffekten. Jede Handlung im Internet – jeder Klick auf einen Like-Button, jede akzeptierte Freundschaftsanfrage, jede Verlinkung, jeder Kommentar, jede Aktion in einer virtuellen Spielewelt – beeinflusst die Handlungen der anderen Nutzer in der jeweiligen Ecke des Netzes und wurde gleichzeitig von diesen beeinflusst.«

Zappel riss die Arme und den Arsch in die Höhe wie bei einer La-Ola-Welle: »Jaja, hurra, ein Hirn, ein Hirn!«

»Richtig. Genauso funktioniert unser Gehirn!«, sprach der Vertretertyp weiter. »Nur dass das menschliche Gehirn vergleichsweise primitiv ist. Die kleinste informationsverarbeitende Einheit des Gehirns ist die sogenannte graue Zelle; die kleinste informationsverarbeitende Einheit des menschgemachten neuronalen Netzwerks namens Internet ist der einzelne Internetnutzer – und damit ein komplettes, mehr oder minder leistungsfähiges menschliches Gehirn mit Milliarden grauer Zellen. Das Internet ist ein Gehirn zweiter Ordnung! Ein Überhirn! Ein Gott!«

»Äh«, sagte ich und fasste damit präzise zusammen, was meinem Gehirn erster Ordnung dazu einfiel. »Hat das Ihnen das Überhirn selbst gesagt?«

»Gesagt! Gesagt!«, prustete der durchgebrannte Hippie los. »Hihi, welch guter Witz!«

»Es nimmt selbstverständlich keinen Kontakt zu uns auf. Wir können nicht *wissen*, wir müssen *glauben*! Das ist schließlich auch bei den herkömmlichen Göttern so.«

»Kennste einen, kennste alle, hihi! Fiat Deus! Es werde Gott!«

Sein Kollege klopfte ihm beruhigend auf die Schulter. »Wie sollte es denn zu uns sprechen? Halten Sie mit Ihren grauen Zellen Zwiesprache? Wenn Ihnen mehrere Freunde einen Link zu einem Video schicken, Sie es sich schließlich ansehen und dann selbst weiterverlinken, tun Sie haargenau dasselbe wie ein Neuron, das ein elektrisches Signal bekommt und sich denkt: ›Oh cool, dass muss ich mal mit meinen Nachbarneuronen sharen‹ und seinerseits elektrische Impulse abfeuert – ohne zu ahnen, dass es gerade daran mitarbeitet, den Gedanken ›Was wollen diese beiden Typen eigentlich von mir?‹ zu erzeugen.

Keine der grauen Zellen in Goethes Kopf hat auch nur etwas vom Faust geahnt, verstehen Sie? Wir werden nie wissen, was das Internet denkt und was es will, aber glauben Sie mir: Es denkt. Und es will!«

»Und was nutzt uns dieser angebliche Gott dann?«

Strubbelkopf grinste, als hätte er gerade die Tüte des Jahrtausends geraucht. »Nichts! Ist das nicht herrlich! Nichts!«

Sein Kumpel nickte. »Die Erschaffung Gottes ist die erste wirklich selbstlose Tat der Menschheit – auch wenn wir es gar nicht merken, weil wir ja das Gefühl haben, das Internet sei für uns da und nicht umgedreht. Wir haben eine höhere Intelligenz zum Leben erweckt. Damit hat unser Dasein endlich einen Sinn!«

»Gottesdienst! Gottesdienst«, schrie der andere. Die beiden holten iPhones aus ihren Hosentaschen. Dann stellte der Vertreter ein drittes, noch originalverpacktes iPhone auf den Küchentisch.

»Gottesdienst?«

»Ja, Gott dienen – einfach, indem man ins Internet geht und dort tut, was man tun will beziehungsweise von dem man sich einbildet, es sei die eigene Entscheidung, das jetzt tun zu wollen. Ein Blog schreiben oder kommentieren, Counterstrike oder World of Warcraft spielen, Fernsehserien illegal downloaden, Nacktfotos der Exfreundin hochladen …«

»Bei Chatroulette den Pimmel zeigen, hihi!«

»Jaja, oder einfach bei Facebook abhängen. Damit Gott denken kann, müssen Sie, müssen wir alle ins Internet, so oft wie möglich. Und zwar am besten mit uns.«

»Mit euch?!«

»Ja, ähm, wir kommen von der Telekom, haben wir das nicht erzählt? Ein neues Marketingkonzept. Wir sind ein sehr gottesfürchtiges Unternehmen und stellen sozusagen die Nervenbahnen bereit. Laut unseren Unterlagen haben Sie noch keinen Vertrag für mobiles Internet. Sie können dieses iPhone sofort behalten gegen eine Zuzahlung von 299 Euro und eine monatliche Gebühr in Höhe von ...«

Nachdem ich die beiden rausgeschmissen hatte, rief ich meine Freundin an: »Du, wegen Tierpark am Wochenende ... da waren wir doch schonmal. Wie wär's mit was, ähm ... eher Spirituellem. So einer Art modernem Gottesdienst ...«

Wenn ich nur richtig argumentierte, käme ich vielleicht doch noch zu meinem Counterstrike-Sonntag.

DAS MÄRCHEN VON DER GLOBALISIERUNGSKRITISCHEN HEXE

Im Märchenwald im Märchenland, da lebte einst eine Hexe. Keine Sorge, es war eine gute Hexe; dies ist kein Schauermärchen à la Hänsel und Gretel. Die Hexe ernährte sich überwiegend vegetarisch. Nur wenn das Geld am Monatsende knapp wurde, streckte sie ihre Suppe mit Kinderfleisch, wobei sie peinlich genau darauf achtete, nur böse Kinder zu essen. Oft brachten die Leute aus den umliegenden Dörfern ihre missratenen Gören sogar selbst zur Hexe und bekamen von ihr zum Dank Kräuter und Pülverchen gegen Rückenschmerzen, Erektionsprobleme und Spam-Mails. Letztere funktionierten nicht besonders gut, aber die Leute erkannten den guten Willen der Hexe an, denn es waren gute Leute.

Einen kleinen Fehler hatte sie jedoch, die gute Hexe aus dem Märchenwald im Märchenland: Sie war schrecklich altmodisch. Tausend Haushaltswarenvertreter hatten schon an ihrer Tür geklingelt, um ihr zu erklären, wie schonend und fettarm kleine Kinder mit einem modernen Elektroherd zuzubereiten wären; die Hexe aber kochte weiter über einem kleinen, qualmenden Holzfeuer. Die Haushaltswarenvertreter indes hatte sie allesamt in Kröten verwandelt, welche sie mit einem Besen erschlug, sodann trocknete und zu einem Pulver zerrieb – dasselbe Pulver übrigens, aus dem sie ein Mittel gegen Spam herzustellen hoffte.

Vielleicht hätte sie die Sinnlosigkeit dieser Versuche erkennen können, wenn sie sich nur ein klein wenig intensiver mit dem Thema E-Mails beschäftigt hätte, doch sie war so altmodisch, dass sie keinen Computer und kein Internet in ihrem Hexenhaus duldete. Einzig ein alter Schwarz-Weiß-Fernseher diente ihr als Fenster zur modernen Welt, doch dieser empfing nur einen albanischen Shoppingkanal, und die Hexe schaltete ihn nicht sehr häufig ein.

Kurz: Die Hexe war komplett ahnungslos. Von Globalisierung hatte sie noch nie gehört, und so wunderte es sie sehr, als eines Tages ein Herold des Königs bei ihr klingelte und ihr mitteilte, dass sie den Märchenwald binnen eines Monats zu verlassen habe, da er gerodet werden müsse, um Platz für Parkplätze zu schaffen.

»Nanu?«, staunte die Hexe. »Es gibt doch im ganzen Märchenland nicht genügend Autos für so viele Parkplätze!«

Der Herold lächelte milde. Mit diesem Einwand hatte er gerechnet. »Nun, natürlich haben Sie recht. Doch wir leben im Zeitalter der Globalisierung. Die Parkplätze sind für den Export bestimmt. Der Autoboom in China bedeutet auch für die weltweite Parkplatzindustrie einen enormen Aufschwung. Und in der chinesischen Mittelschicht sind Parkplätze aus dem Märchenland sehr beliebt, da die dortige Parkplatzbranche noch nicht in der gleichen Qualität liefern kann. Das Märchenland muss diese Chance nutzen! Wir dürfen das Feld nicht der Konkurrenz und den Produktfälschern überlassen!«

Er schaute ihr tief in die Augen und fügte mit warmer Stimme an: »Das sehen Sie doch sicher ein, oder?«

Gar nichts sah die Hexe ein! Sie verwandelte den Herold in eine Kröte, die sie erschlug und trocknete und zu einem Pulver zerrieb. Dieses Pulver nun wirkte Wunder gegen die Migräne, die die Hexe seit einiger Zeit plagte.

Schon eine Woche später stand der nächste Herold vor ihrer Tür.

»Wer da?«, rief sie aus dem Fenster und der Herold antwortete: »Der Herold des Königs!«, und dann erklärte er ihr, dass sie in drei Wochen den Märchenwald verlassen müsse, da er gerodet werde, um Platz für Parkplätze zu schaffen, und dass sie den Wirtschaftsstandort Märchenland nicht gefährden dürfe und überhaupt.

Aber ach! Die Hexe blieb stur, und SCHWUPPS! fand sich der Herold in eine Kröte verwandelt und kurz danach erschlagen, getrocknet und zu Pulver zerrieben als Bestandteil eines Wunder wirkenden Migränemittels wieder.

Allein, es verging keine Woche, da klingelte der nächste Herold und teilte ihr mit, dass sie ihr Haus verlassen müsse, aus den bekannten Gründen. Er stellte ihr eine großzügige Entschädigungszahlung in Aussicht und eine schöne neue Wohnung in der großen Stadt, wo es, wie er mit verheißungsvoller Stimme anmerkte, viel mehr böse Kinder gäbe als in den Dörfern rund um den Märchenwald. Zudem seien die Stadtkinder viel dicker, da sie sich bei McDonald's selbst mästeten.

Da kam die Hexe natürlich kurz ins Grübeln. Allerdings konnte sie derzeit nicht über mangelnden Kindernachschub klagen, denn es hatte sich herumgesprochen, dass sie ein Wundermittel gegen Migräne erfunden hatte, und inzwischen reisten aus dem ganzen Lande von Kopfschmerzen und bösen Kindern geplagte Mütter an, um ihre Kinder gegen das Pulver einzutauschen. Die Hexe hatte schon einhundert Bäume gefällt und Kundenparkplätze eingerichtet – ganz billige aus Polen übrigens, denn die einheimischen waren viel zu teuer. Dem Herold jedenfalls erging es wie seinen Vorgängern, und er machte sich als Kopfschmerzpülverchen wenigstens einmal wirklich nützlich.

Und als schon am nächsten Tag der nächste Herold erschien, hörte die Hexe ihn gar nicht mehr an, sondern verzauberte ihn auf der Stelle. Dem Herold war's recht, denn so blieb es ihm erspart, vor der Hexe herumzustammeln und nach Worten zu suchen, da ihm der König nur aufgetragen hatte, zur Hexe zu gehen und *irgendwas* zu erzählen. Der König nämlich war ein weiser König und hatte erkannt, dass der Migränemittelmarkt viel zukunftsträchtiger war als der für Parkplätze und das Pulver der Hexe zudem weltweit konkurrenzlos. So ernannte er in einem fort Herolde, die er einzig zum Zwecke der Pulverisierung zur Hexe schickte, was auch die Arbeitslosenzahlen nachhaltig senkte.

Bald schon hatte die Hexe die Hälfte aller Bäume des Märchenwaldes gerodet, um Platz zu schaffen für noch mehr Parkplätze, für Lagerhallen und eine große Marketingabteilung. Aus aller Welt trafen böse Kinder ein – meist gefriergetrocknet, weil man sie so besser und billiger transportieren konnte – so viele, dass die Hexe sie gar nicht alle essen konnte, weshalb sie neben ihrem Hexenhaus ein Spezialitätenrestaurant einrichtete.

Das Märchenland aber florierte und gedieh, und manchmal des Abends, wenn die Hexe auf ihrem Berg frisch verdienten Geldes saß, an einem Böse-Kinder-Knochen nagte und den albanischen Shoppingsender auf einem 290-cm-Plasmafernseher verfolgte, schüttelte sie schmunzelnd den Kopf und dachte: »Wie habe ich nur so skeptisch gegenüber dem Fortschritt sein können!«

MÜDE

Die Schweine haben im Supermarkt schon wieder alles umgeräumt. Gerade noch rechtzeitig habe ich gemerkt, dass statt Teebeuteln, Margarine und Orangensaft auf einmal Tampons, Gesichtscreme und Mampe Halb und Halb im Einkaufswagen liegen. So lange habe ich am perfekten Weg durch die Regalreihen gearbeitet; endlich war ich an dem Punkt angelangt, wo ich blind in die Auslagen greifen und hervorziehen konnte, was ich brauchte, während mein Geist in anderen Sphären unterwegs war, im Reich der Fantasie, unbehelligt von den profanen Dingen des Lebens, und jetzt haben die Schweine schon wieder alles umgeräumt, und ich starre fassungslos auf vierzig Sorten Zahnpasta, dort, wo eigentlich die Schokolade stehen sollte.

Das macht mich alles so müde.

Warum tun die das? Warum steht auf einmal eine Käsepyramide im Gang zwischen den Nudel- und Konservenregalen, in denen sich jetzt Waschmittel und Tierfutter stapeln? Ich will das nicht, das macht mich müde. So müde, dass ich gar nicht mehr richtig wütend sein kann. Warum tun die das?

»Für unsere Kunden. Um ihnen ein noch schöneres Einkaufserlebnis zu bieten«, sagt der Marktleiter, wenn man ihn fragt. Ich will aber kein Einkaufserlebnis; ich will Kaffee, weil mich das alles so müde macht, aber statt Kaffee habe ich plötzlich einen Kasten Bier in der Hand, weil die Schweine schon wieder alles umgeräumt haben, es ist zum Kotzen. Warum tun die das?

»Damit die Idioten noch mehr kaufen«, sagt der Marktleiter, wenn man ihn unter vier Augen fragt. »Damit sie erst an Anti-

Arschfaltencreme mit Vitaminaufbaukomplex, an Schafsmilchschokolade und Elf-Klingen-Rasierern vorbeimüssen, wenn sie Kartoffeln wollen. Und auf der Suche nach dem Quark zu den Pellkartoffeln landen sie an unserem neuen Bücherregal und kaufen in ihrer Verzweiflung vielleicht den aktuellen Ratgeberbestseller *Scheiße ist das neue Gold – Glücklich leben dank Selbstbetrug*!«

Irgendein herzloser Verkaufsexperte hat ausgerechnet, welche neue Anordnung der Regale drei Prozent Umsatzplus und 17 Prozent Lebensqualitätsminus generiert; ein Psychologe, der auf die dunkle Seite der Macht gewechselt ist, hat ermittelt, mit welcher Musik man das Zahlvieh foltern muss, damit es statt normalem Salz das teure aus dem Himalaja kauft, und der Marktleiter hat sich mit Euros in den Augen die Hände gerieben, und ich möchte sie alle erwürgen, aber ich bin so schrecklich müde.

Warum tun die das? Das Geld ist nur die halbe Wahrheit. Dahinter steckt viel mehr. Davon bin ich überzeugt, und wenn ich nicht so müde wäre, würde ich dagegen aufbegehren. Doch ihr Plan geht auf. Das ist ja gerade das Ziel: Die wollen uns müde machen, mürbe machen, mürrisch machen, uns in Unzufriedenheit halten, ohne dass wir ihnen gefährlich werden würden. Wirft man einen Frosch in heißes Wasser, hüpft er heraus. Setzt man ihn aber in einen Topf mit kaltem Wasser und erhitzt diesen langsam, bleibt er sitzen, bis er gar und tot ist und man seine Schenkel herausreißen und genüsslich verspeisen kann – und genau das tun sie mit uns! Ich weiß nicht wer; ich weiß nicht warum. Aber ich gehe davon aus, dass es irgendwo, vielleicht im Keller des Bundestags, ein geheimes Ministerium zur Minimierung der Lebensfreude gibt, das alle Anstrengungen in diesem Bereich koordiniert, und geleitet wird es wahrscheinlich von Joachim Gauck.

Und darum reißen sie die Straßen auf, baggern ein Dreivierteljahr täglich für exakt sieben Minuten herum, und schütten dann alles wieder zu, damit wir kurz Hoffnung schöpfen, bevor die Bagger erneut anrücken. Und darum ist eine neue Softwareversion fällig, sobald die alte allzu stabil läuft und man sich an die Bedienung gewöhnt hat, darum ist die Frequenz, mit der die

Unterhaltungselektronikindustrie Nachfolgemodelle auf den Markt wirft so berechnet, dass man sich maximal zwei Wochen an einem neuen Gerät erfreuen kann, bevor es schon wieder veralteter Schrott ist, darum benennen sie die GEZ in »Beitragsservice« um, denn unser Geld reicht ihnen nicht – sie wollen uns auch verhöhnen. So wie der Marktleiter, der von einem »Einkaufserlebnis« faselt, während ich vor dem Regal stehe, in dem früher das Klopapier war, und mich frage, was sie mir damit sagen wollen, dass dort jetzt Wäscheleinen und wacklige Trittleitern im Angebot sind. Und deshalb auch diese Kaffeesahnedöschen, die man nicht öffnen kann, ohne dass die Sahne herumspritzt oder der Zuppel abreißt – es kann mir doch niemand erzählen, dass die Menschheit zwar Spielzeugautos zum Mars schicken kann, aber seit Jahrzehnten daran scheitert, dieses Problem zu lösen, da muss doch Absicht hinterstecken!

Und darum kacken sie die ganze Welt mit Werbung zu, deren einziger Zweck es ist, uns unzufrieden zu machen mit dem, was wir haben, und dem, was wir sind, damit wir schnell wieder in die Geschäfte rennen, in denen sie mit falschem Lächeln zwischen frisch umgebauten Regalen auf uns lauern, und nein: Ich bin nicht paranoid, ich habe nur eins und eins zusammengezählt und heraus kam 666! Und darum haben sie in der Berliner U-Bahn die Sitze mit gehirnkrebserregenden Mustern bedruckt – angeblich, um Schmierereien zu verhindern, aber diesen Schwachsinn glaubt ihnen doch niemand! Das ist doch, als würde man sich grobe Leberwurst ins Gesicht schmieren, damit es nicht auffällt, falls man mal einen Pickel bekommt! Und dann, als sich die Fahrgäste in ihrer schier unendlichen Leidensfähigkeit daran gewöhnt hatten, kam man auf die Idee mit den Brandenburger Toren. Vielleicht wisst ihr nicht, was ich meine – ich wünsche es euch! Fahrt niemals nach Berlin, und falls doch, fahrt niemals in Berlin mit der U-Bahn! Alle Berliner U-Bahn-Fenster sind mit Dutzenden stilisierten Brandenburger Toren bedruckt, – ebenfalls eine angebliche Maßnahme gegen Vandalismus, in Wirklichkeit aber ein in seiner Subtilität bewundernswerter, in seiner Kaltschnäuzigkeit fassungslos machender Angriff auf die geistige Gesundheit und das seelische Wohlbefinden aller Berliner. Dieses Brandenburger Tor ist auf eine Weise perspektivisch falsch gezeichnet, die kein Zufall sein *kann*! Es hat ungefähr elf verschiedene Fluchtpunkte; es ist eine vollkommen unmögliche Figur, eine Kinderkritzelei von M. C. Escher, könnte man vermuten, wenn es nicht so hässlich wäre. Es fällt einem zuerst vielleicht gar nicht auf, wenn man den Blick darüber schweifen lässt. Doch das Unterbewusstsein registriert alles, und ohne dass wir es merken, nagen die Brandenburger Tore der Hölle an unseren Herzen und Seelen, und wir wundern uns, warum wir so schlechte Laune haben, obwohl es uns doch eigentlich gut geht und wir nicht klagen können, wie man uns so lange eingeredet hat, bis wir es endlich geglaubt und gelernt haben, die Schuld für unsere Miesepetrigkeit bei uns selbst zu suchen! Es kann doch niemand ernsthaft glauben, dass man eine Million Brandenburger Tore auf alle Fenster sämtlicher Berliner U-Bahn-Züge drucken lässt, ohne sie sich vorher mal kurz anzugucken! Die wissen ganz genau, was sie tun! Die wollen uns müde machen, mürbe machen, mürrisch machen, wer auch immer und warum auch immer!

Aus diesem Grund haben sie uns die hirnrissigen Energiesparlampen aufgezwungen: Weil sie gemerkt haben, dass wir uns im warmen Licht der Glühbirnen zu wohl fühlen! Deshalb quälen sie uns mit Telefonwarteschleifen, verlangen Steuererklärungen und schmelzen die Arktis, und wenn sie dazu in der Lage wären, würden sie womöglich sogar einen neuen Berliner Flughafen eröffnen und Tegel schließen, um die eine Zumutung, an die wir uns gewöhnt haben, durch eine neue und noch viel größere Zumutung zu ersetzen, denn sie wollen uns müde machen, mürbe machen, mürrisch machen!

Und deshalb stellt sich Gauck hin und sagt: »Dass es wieder deutsche Gefallene gibt, ist für unsere glücksüchtige Gesellschaft schwer zu ertragen.« Denn darum geht es in Wirklichkeit in Afghanistan: uns mit gefallenen deutschen Soldaten die Laune zu vermiesen und die Epidemie der Glückssucht einzudämmen, oder, wie es ein anderer Politker formulierte: »Unsere schlechte Laune wird auch am Hindukusch verteidigt!« Und sobald sie den Eindruck haben, dass zu viele fröhliche, muntere Menschen unterwegs sind, rühren sie irgendeine Krise an, zaubern Vogelwahnsinn und Rindergrippe aus dem Hut oder tüfteln eine neue Windowsversion aus, und dort, wo immer der Zucker stand, stehen jetzt die sauren Gurken, und wenn mich das alles nicht so müde machen würde, würde ich ... aber ich bin so schrecklich müde ...

WIE ICH MAL EINE FRAU KÜSSEN WOLLTE

»Ich will dich küssen.« Verdammt, jetzt ist es mir rausgerutscht. Ich wollte das nicht sagen, auf gar keinen Fall wollte ich das sagen!

In Bruchteilen von Bruchteilen von Sekunden (in Stresssituationen denke ich sehr schnell) gehe ich meine Optionen durch. Ich könnte behaupten, sie habe sich verhört, ich habe nicht »küssen« gesagt, sondern … hm, welches Wort, leise in einer Kneipe ausgesprochen, könnte bei ihr als »küssen« angekommen sein? Als Erstes fällt mir »fisten« ein, aber das würde die Situation wohl kaum entschärfen. »Dissen« ginge; ich könnte ihr weismachen, ich habe »dissen« gesagt, und wenn sie mich fragt, warum ich sie dissen wolle, würde ich sagen, das sei nicht böse gemeint, es sei vielmehr eine Respektbezeugung und ein großes Kompliment, und dann würde ich drauflosimprovisieren:

Du bist so schön, dass du fast schon wieder hässlich bist
Alles an dir ist perfekt, Zeit, dass dich jemand disst
Ich hau dir meine Reime um die Ohren, hör gut zu
Ich hab 'n Riesenschwanz, Bitch, zumindest 'nen größeren als du
In meinem Bauch sind Schmetterlinge, wenn ich an dich denk
Es kribbelt wie Teenagerliebe, Rizinus ist ein Geschenk
Ich trink die ganze Flasche und kack die Schmetterlinge aus
Das hier ist nicht die Twilight-Saga, Unromantik-Man is in da house

Kein guter Plan. »Ich will dich küssen« – warum sag ich sowas Blödes? Der Umstand, dass ich sie wirklich küssen will, geht vielleicht als Erklärung durch, aber nicht als Entschuldigung. Warum gibt es kein Undo für einmal ausgesprochene Sätze?

Schall pflanzt sich mit 340 Metern pro Sekunde fort, ihre Ohren sind ungefähr fünfzig Zentimeter von meinem Mund entfernt, die Schallwellen benötigen also 1,5 Millisekunden, bis sie ihr Ziel erreichen, und eine Millisekunde habe ich jetzt schon mit fruchtlosen Überlegungen verplempert. Es ist zu spät, aufzuspringen und ihr meine Zeigefinger in die Ohren zu rammen. Und da sind meine Worte auch schon angekommen, sie spielen ein kleines Schlagzeugsolo auf ihrem Trommelfell, ihre Flimmerhärchen wiegen sich im Rhythmus von »Ich will dich küssen«, auditiver Kortex und Wernicke-Zentrum verarbeiten den Input und lösen Alarm in den Hirnregionen aus, die dafür zuständig sind, Situationen zu meistern, in denen man in einer schummrigen Kneipe auf einer Couch neben einem unrasierten Mann sitzt, der einen nach dem zweiten Drink küssen will. Elektrische Ladungen flitzen in ihrem Kopf hin und her, Neurotransmitter fluten Synapsen, graue Zellen stupsen einander an, um eine Antwort zu formulieren, und ich sitze hilflos neben ihr und frage mich, welche Antwort es sein wird: »Oh, ich dachte, wir könnten einfach Freunde sein.«, »Oh, hab ich dir gar nicht gesagt, dass ich einen Freund habe?«, »Oh, tut mir leid, ich bin gerade lesbisch geworden.«, »Küss dich ins Knie!« oder sogar:

Du willst mich küssen, Motherfucker, was bildest du dir ein
Warum kannst du kein Kumpel sein, du notgeiles Sexistenschwein
Hältst du mich für eine Nutte, die dich küsst für einen Drink
So besoffen könnt ich gar nicht sein, dass ich in deine Arme sink
Zieh bloß Leine, Opfer, bevor ich gleich rückwärts esse
Rutschst du nur einen Millimeter näher, fiste ich dich in die Fresse

Doch es kommt noch viel schlimmer. Sie lehnt sich zurück und sagt: »Dann küss mich.«

Oh. Scheiße. Ich kratze mich am Hinterkopf, wische mir fahrig durch den hässlichen Schnurrbart und verfluche stumm das Schicksal und insbesondere seinen ausgeprägten Sinn für Ironie.

Da verliebe ich mich also in eine Frau, die ein paar Hundert Kilometer entfernt wohnt, überlege verzweifelt, wie ich es am geschicktesten anstelle, sie wiederzusehen – »Hallo du, bin heute morgen in der S-Bahn eingeschlafen und erst in Köln wieder aufgewacht, wollen wir vielleicht einen Kaffee trinken gehen?« – stattdessen schickt sie mir eine Nachricht, dass sie in zwei Tagen wegen einer kurzfristigen Dienstreise nach Berlin käme, ob wir uns nicht auf ein Bier treffen wollen, ich versuche stundenlang, eine Antwort zu formulieren, die nicht klingt, als sei ich ein liebeskranker Vierzehnjähriger, der im Falle einer Zurückweisung damit drohen würde, Selbstmord zu begehen oder sogar mit trauriger Liebeslyrik bei Poetry Slams aufzutreten, aus der sie aber mit etwas gutem Willen herauslesen kann, dass es meinerseits durchaus über ein gemeinsames Getränk hinausgehende Interessen gibt, schreibe schließlich: »Klar, Bier geht immer«, verbringe die nächste halbe Stunde damit, meinen dussligen Schädel mit dem Handballen zu malträtieren, bis sie mich mit einer »Oh wie schön. Ich freu mich!«-SMS erlöst, ich lege mich glücklich ins Bett und nehme mir vor, wenn es so weit ist, nicht zudringlich, aber auch nicht zu schüchtern zu sein, sondern »Ich will dich küssen« zu sagen, wenn sie auch nur das allerkleinste Signal aussendet, das ich dahingehend interpretieren kann, dass ein Aufeinanderpressen unserer Lippen mit anschließender gegenseitiger Erkundung derselben sowie der dahinterliegenden Mundhöhlen unter Zuhilfenahme unserer Zungen und den Austausch von Speichel wohlwollend in Kauf nehmend, auch auf ihrer Agenda für den Abend steht – wobei ich es in meinen Gedanken nicht exakt so formuliere. Dann übe ich noch ein paar Mal »Ich will dich küssen« zu sagen. Wie schön das klingt: »Ich will dich küssen.« Das sind keine Worte, das ist Musik, eine Symphonie in zwei Sätzen, und der zweite Satz lautet: »Dann küss mich.«

Und dann schlafe ich ein und erwache am nächsten Morgen mit frisch erblühtem Herpes an der Oberlippe.

»Dann küss mich«, sagt sie also und schaut mich herausfordernd an, den Mund leicht geöffnet, die Sofalehne im Nacken, und ich analysiere blitzschnell die Situation. Punkt 1: Ich will sie küssen. Punkt 2: Sie will, dass ich sie küsse. Bis hierhin alles bestens, wenn nur Punkt 3 nicht wäre: Vergiss es, du hast Herpes. Punkt 4: Sie hat es noch nicht bemerkt. Schnurrbart und schlechte Beleuchtung haben ihren Zweck erfüllt, und der Zahnpastatrick hat auch funktioniert: Colgate hat alles ausgetrocknet, ich konnte mir vorhin einfach den Schorf von der Lippe pulen und es blieb nur eine kleine, lippenfleischfarbene Wunde übrig, die ich seither unauffällig feucht halte, damit sich nicht wieder eine schwarze Kruste bildet. Punkt 5: Und jetzt? Ich könnte versuchen, sie nur mit der linken, nicht betroffenen Mundhälfte zu küssen. Oder ich sage: »April, April, ich will dich gar nicht küssen!«, und wenn sie dann sagt: »Aber es ist doch gar nicht April!«, werfe ich ihr vor, eine humorlose Krümelkackerin zu sein, und überhaupt, eine Frau, die sich mir derart an den Hals werfe, könne ich nicht respektieren, und dann würde ich wütend zwanzig Euro auf den Tisch knallen und sie sitzen lassen, und dann wären wir zwar beide sehr, sehr unglücklich, aber ich wäre zumindest sauber und würdevoll aus der Nummer herausgekommen. Oder ich sage: »Lass uns noch bis nach der Hochzeit warten« oder einfach:

Küss mich, küss mich, auch wenn ich Herpes hab
Küss mich, Baby, das bringt dich nicht ins Grab
Lass ein paar Viren nicht verbieten, was unsre Herzen uns gebieten
Selbst mit Schorf auf meiner Lippe küss ich besser als die anderen Nieten
Du kannst dich auf mich verlassen, ich bin kein Pick-up-Artist-Spast
Ich werd dich auch noch lieben, wenn du morgen selber Herpes hast

Doch schließlich sage ich einfach: »Geht nicht, ich hab Herpes.«

Sie ruft »Nein!« und schlägt die Hände vor dem Gesicht zusammen. Sie ekelt sich, kämpft mit dem Brechreiz, als sie sich vorstellt, dass sie mich beinahe geküsst hätte, da würde sie doch eher in einem Remake von *2 Girls 1 Cup* mitspielen, es ist der unromantischste Augenblick in unser beider Leben, die Schöne und das Herpestier, aber nicht in der Verfilmung von Disney, sondern von Eli Roth und Aki Kaurismäki, warum bin ich nicht einfach cool und distanziert geblieben, man hört doch auch immer, dass das eine Superstrategie sei, und dann, beim nächsten Mal, wann auch immer das gewesen wäre, hätte ich … Egal, es ist zu spät.

Sie nimmt die Hände vom Gesicht und schaut ernst zur Decke. »Puh«, macht sie. »Und ich hab schon Angst gehabt, dass wir in deinem Bett landen und ich entweder die Unberührbare spielen oder dir erzählen muss, dass ich … ach, das willst du gar nicht so genau wissen. Aber sag mal: Einfach nur in den Arm nehmen, das ginge doch, oder?«

DER WUNSCH DER WUNSCHFEE

Wahrscheinlich ließ mich der Vollmond nicht schlafen. Fett und kalt wie eine riesige Energiesparlampe hing er über der Uckermark und tauchte das Land in fahles Licht.

Ich hatte mich für eine Woche in einer Ferienwohnung auf dem Dorf eingemietet, um an meinem Roman zu arbeiten. Die Tage verbrachte ich mit langen Spaziergängen, bei denen ich meinen Geist schweifen ließ und darauf vertraute, dass sich im Nebel der Gedanken und Assoziationen Kristallisationskeime bildeten, an denen Geschichten, Gesichter und Zusammenhänge wachsen würden. Am späten Nachmittag kehrte ich heim, kochte irgendetwas Anspruchsloses und schrieb. Es funktionierte recht gut; Charaktere und Geschichte nahmen Gestalt an. Ich schrieb täglich zwei bis drei Stunden, trank dabei zwei oder drei Glas Rotwein und dann noch ein weiteres dick eingemummelt auf dem Balkon der Wohnung, bevor ich gegen halb elf schlafen ging.

So hatte ich es auch heute, an meinem letzten Tag, halten wollen, doch um Mitternacht lag ich noch immer wach in meinem Bett. Schließlich war ich wieder aufgestanden, hatte mich angezogen und auf den Weg gemacht. Hinaus ins Mondlicht.

Kaum dass ich ein paar Hundert Meter zurückgelegt und das Haus mit den in den Fenstern brennenden Lichtern aus den Augen verloren hatte, wurde mir unwohl: Die irrationale, aber tief verwurzelte Angst vor der Nacht hatte mich gepackt. Doch statt mich zum Umkehren zu bewegen, stachelte sie mich nur an: Der Zweck der Angst ist nicht, uns von etwas abzuhalten, sondern uns an ihrer Überwindung wachsen zu lassen. So bog ich also bei der nächsten Gelegenheit auf einen kleinen Waldweg, und bald tastete ich mich durch beinahe vollkommene Finsternis, die Arme vor mir ausgestreckt, um mein Gesicht vor Ästen und Spinnweben zu schützen. Die wenigen Sprenkel Mondlicht, die durch das dichte Fichtengeäst bis auf den Boden fielen, reichten nicht, den Pfad im Blick zu behalten; ich stolperte planlos durch den Wald und verlor nach kurzer Zeit die Orientierung. Ich wandte mich mal hierhin, mal dorthin und wusste nach wenigen Minuten nicht mehr, in welcher Richtung der Waldrand lag.

Ich hatte mich verlaufen.

Scheiße.

Eine gute halbe Stunde musste ich schon herumgeirrt sein, als ich vor mir eine Lichtung ausmachte und darauf zusteuerte. Meine Hoffnung, es handele sich um eine Wegkreuzung, wurde enttäuscht: Die Lichtung entpuppte sich als kleines Trümmerfeld mitten im Wald, ohne irgendwelche Zufahrtswege. Ein Haufen Betonbrocken, verbogene Stahlträger, Reste einer etwa sechs mal vier Meter messenden Grundmauer. Zwischen den Trümmern wuchsen ein paar kleine Bäume und allerlei Gebüsch. Wahrscheinlich handelte es sich um die Überreste irgendeines Bunkers. Bis zur Wende war das ganze Gebiet Militärgelände gewesen.

Ich setzte mich auf einen Stein, zündete mir eine Zigarette an, schaute zum Mond und überlegte, an welcher Position er vorhin, als ich losgegangen war, gestanden hatte … da hörte ich es.

Ein unterdrücktes Schluchzen.

Ich sprang auf, ließ die Zigarette fallen; gut möglich, dass mir ein Aufschrei entfuhr. Meine rechte Hand wühlte den Schlüsselbund aus der Tasche und improvisierte mit dem Ringfinger im Schlüsselring und dem zwischen Zeige- und Mittelfinger hervorragenden Haustürschlüssel einen Schlagring. Langsam ging ich um den Trümmerhaufen herum. Mein Herz klopfte wild, ich verfluchte den blödsinnigen Entschluss, in den Wald hineinzugehen …

»Hallo?!«, rief ich.

Nichts. Dann wieder das erstickte Schluchzen. Ganz nah.

Sie saß auf dem Boden, an einen Stein gelehnt, die linke Hand hinter dem Rücken, die rechte zur Faust geballt vor den Mund gepresst, die Augen weit aufgerissen. Ihr Kleid war so weiß wie ihre Haut, das Haar war hellblond – sie schien ganz aus Mondlicht zu bestehen. Zerbrechlich, strahlend, nicht von dieser Welt. Wunderschön.

»Verdammt. Äh. Hallo … wollte dich nicht erschrecken, hab mich ja selber erschrocken!«, stammelte ich. »Auch verlaufen?«

Sie schüttelte wild den Kopf, die Faust noch immer auf den Mund gedrückt, ihre langen Haare flogen umher und … sprühten Licht, anders kann ich es nicht beschreiben. Funken, Splitter silbernen Lichtes schienen sich daraus zu lösen und nach wenigen Augenblicken wie winzige Sternschnuppen zu verlöschen. Wahrscheinlich waren es Staubkörner, vielleicht aber auch Schuppen, die kurz im Schein des Vollmondes aufblitzten.

»Kann ich dir irgendwie helfen? Ist dir nicht kalt?« Wieder ein Kopfschütteln und unverständliche Jammerlaute. Sie log. Ihr musste kalt sein in diesem dünnen, ärmellosen Kleidchen.

Sie presste etwas hervor, lauter diesmal, drängender, flehender, doch ob es »Hilf mir« oder »Geh weg« hieß, war unmöglich auszumachen.

Ich stand da wie ein Idiot, während sie sich wie unter Qualen wand. Konnte ich es wagen, ihre Hand zu greifen und sie von ihrem Gesicht wegzuziehen? Zum Glück kam sie mir zuvor: Während sie die linke Hand noch immer hinter ihrem Rücken versteckte, hieb sie die rechte auf den Boden und schrie: »Scheiße, Scheiße, Scheiße, wünsch dir was!«

»Äh … wie, was wünschen?!«

»Irgendwas! Scheiße, Scheiße, Scheiße, nun mach schon, du Idiot, ich bin eine Fee, wünsch dir was!«

»Eine Fee …«, wiederholte ich blödsinnig.

»Ja Mann, eine beschissene Fee, sieht man das nicht?! Wem sonst fallen Sternchen aus den Haaren? Nun wünsch dir endlich was! Aaaaaaaahhhhh … mach schon! Schnell!«

Ich weiß, das klingt ziemlich bescheuert, aber ich glaubte ihr sofort; ich hatte nicht den geringsten Zweifel, dass sie die Wahrheit sagte. Wenn ihr ihre elfenhafte Erscheinung, ihre märchenhafte Schönheit gesehen hättet, würdet ihr mich verstehen.

Ein Wunsch! Herrje, woher jetzt so schnell einen Wunsch nehmen? Einen guten Wunsch, denn so eine einmalige Gelegenheit durfte ich nicht an irgendwelchen banalen Schnickschnack verschwenden. Aber wie sollte ich mich auf dieses Problem konzentrieren, während sie ihren Körper vor- und zurückschnellen ließ und »Jetzt mach schon, einen Wunsch, schnell!« rief?

»Ähm … naja. Dass auf der Welt Frieden herrscht«, sagte ich.

Die Fee hörte auf zu zappeln, atmete tief aus und schloss die Augen. Ihre Züge entspannten sich, als sei ein großer Schmerz von ihr genommen. Dann hüllte uns ein goldenes Leuchten ein, bunte Sternchen umschwirrten uns, ich glaubte, Glöckchengeklingel zu vernehmen – und hielt plötzlich ein iPad in den Händen.

»Äh«, sagte ich.

Die Fee strich sich die Haare aus dem Gesicht, streckte ihre Beine aus und atmete tief durch.

»Danke«, sagte ich und fügte hinzu: »Und nicht, dass ich meckern will oder so, aber was ist denn nun mit dem Weltfrieden?«

Sie öffnete kurz die Augen, musterte mich mit einem Ausdruck von Verachtung und antwortete: »Na nichts ist mit Weltfrieden. Die Leute bringen sich weiterhin um, und du hast dein blödes iPad. Weißt du, wir Feen erfüllen nicht immer unbedingt den Wunsch, den jemand ausspricht, sondern manchmal das, was man sich *wirklich* wünscht. Und jetzt geh weg, nachhause oder wo immer du hinwillst, und guck dir auf deinem iPad die neuesten Berichte von Kriegen und Massakern an!«

Ich konnte mich nicht rühren, konnte nichts denken, nichts sagen. Stand einfach nur da, fühlte mich scheiße, starrte das iPad an und hätte es am liebsten weggeworfen. Ich hatte nicht einmal gewusst, dass ich mir so ein Ding wünschte.

»Nun geh schon.«

Ich schüttelte den Kopf. Die Fee seufzte und sagte in versöhnlichem Ton: »Mann, mach dir keine Vorwürfe. Das geht allen so. Und das mit dem Weltfrieden hätte sowieso nicht geklappt. Wir Feen können nur gegenständliche Wünsche bis zu einem Maximalgewicht von 3,27 Kilogramm erfüllen. Und jetzt geh und freu dich einfach über das Ding. Die Kinder in Afrika wären froh, wenn sie so ein schönes iPad hätten, haha.« Sie lachte freudlos; ich verzog das Gesicht. »Ladegerät und Kabel musste selber kaufen, sorry, es gibt immer nur einen Gegenstand pro Wunsch. Lass mich jetzt allein.«

Erneut schüttelte ich den Kopf. Dann zog ich meine Jacke aus, legte sie über ihre Beine und setzte mich neben sie. Die Fee schnaubte, doch sie schien es nicht böse zu meinen. »Zieh dir die Jacke wieder an«, sagte sie. »Feen frieren nicht.« Sie packte mir die Jacke mit ihrer Rechten auf den Schoß, wo ich sie liegen ließ. Ein oder zwei Minuten schwiegen wir, dann begann ich, in der Tasche meiner Jacke zu wühlen, bis ich einen Schokoriegel fand und ihr diesen hinhielt. Kopfschütteln. »Feen essen nicht, trinken nicht, frieren nicht, schlafen nicht. Das Einzige, was wir tun müssen, ist Wünsche erfüllen. Das ist unsere Nahrung, unsere Atemluft, unser Schlaf, unser Sex. Aber ... wenn du eine Zigarette hättest?!«

»Klar.« Ich gab ihr eine Zigarette und Feuer und fragte sie, was mit ihrem linken Arm sei, den sie immer noch zwischen Rücken und Mauerrest eingeklemmt hatte.

»Nichts«, antwortete sie. Dann holte sie tief Luft und sagte: »Ach egal. Ist sowieso alles vorbei. Lass uns die Zigarette rauchen, danach erzähle ich es dir. Und dann musst du mir helfen.«

Kurz darauf drückte sie die Kippe aus und beugte sich nach vorn. »Schau hin«, forderte sie mich auf. Eine Handschelle lag um ihr Handgelenk, die andere war an einer Stahlstrebe in der löchrigen Betonwand festgemacht.

»Scheiße, wer war das!«, rief ich und sprang auf.

»Beruhig dich und setz dich wieder hin«, sagte sie. Und dann erzählte sie mir ihre Geschichte, die Geschichte aller Feen, und es war die traurigste Geschichte, die ich jemals in einer Vollmondnacht an einer Ruine im Wald von einer gefesselten Fee erzählt bekommen hatte: »Wir Feen essen und trinken nicht, das Einzige, was wir tun müssen, ist Wünsche zu erfüllen. Das ist unsere Nahrung, unsere Atemluft. Einen Wunsch pro Tag, nicht mehr und nicht weniger, unser ganzes Leben lang – und wir werden sehr, sehr alt. Tag für Tag muss ich jemandem einen Wunsch erfüllen, und wie du dir sicher vorstellen kannst, kotzt es mich an.«

Ich schüttelte den Kopf. »Nein, warum? Ist es nicht schön, Wünsche zu erfüllen? Macht es dich nicht auch ein bisschen glücklich, wenn du andere glücklich machst?«

Die Fee lachte hämisch; ein Geräusch, das überhaupt nicht zu ihrer engelsgleichen Erscheinung passte. »Aus welchem Abreißkalender haste denn den Spruch? Hat dich dein blödes iPad etwa glücklich gemacht? Nee. Soll ich mich jetzt gut fühlen, weil ich dir deinen dussligen Wunsch erfüllt habe? Nee. Und glaub mir: Es ist immer so. So gut wie jeder, der einer Fee begegnet, bereut es hinterher. Entweder weil ihm sein Wunsch etwas über sich selbst erzählt, das er lieber nicht gewusst hätte« – ich zuckte zusammen und dachte an mein dahingeheucheltes »Weltfrieden« – »oder weil er sich ärgert, wenn ihm kurze Zeit später einfällt, dass er sich etwas viel Besseres hätte wünschen sollen.« – Ich zuckte erneut zusammen, weil mir eben der mit einem sofortigen Verlustgefühl einhergehende Gedanke gekommen war, dass ich mir ja auch einen 3,27 Kilogramm schweren Goldklumpen hätte wünschen können.

»Und am Ende sind sie dann sauer auf die Fee, weil die ihnen ihre Banalität oder Gier vor Augen geführt hat. Darum erzählt auch so gut wie niemand davon, wenn er einer Fee begegnet ist, und deshalb hält man uns für Märchenfiguren.«

»Aber es muss doch auch andere geben. Menschen mit bescheidenen und schönen Wünschen, die zu erfüllen eine Freude ist!«

»Mag sein. Aber das ist noch so ein Problem, das wir Feen haben. Was Genetisches nehm ich an. Wir werden von Gier angezogen. Ist leider so. Einen bescheidenen Wunsch zu erfüllen, das ist, als hättest du einen Riesenhunger und statt eines fetten Steaks bekommst du nur ein Salatblatt. Wir können nicht anders; wir müssen immer den Ärschen ihre Wünsche erfüllen – nichts für ungut!«, fügte sie an, und ich nickte.

»Sind sicher auch einfacher zu finden«, sagte ich.

»Klar«, antwortete sie. »Und die meisten merken halt erst, wenn sie ihren Wunsch in den Händen halten, dass sie gar nicht so deep und gut sind, wie sie immer dachten.«

Ich bot ihr noch eine Zigarette an. Sie nahm sie und kicherte: »Na siehst du: Um bescheidene und schöne Wünsche zu erfüllen, braucht man gar keine Fee zu sein. Feen sind total überbewertet, wenn du mich fragst.«

»Ähm, entschuldige, dass ich dich unterbreche, aber die Handschelle … ich mach mir Sorgen.«

»Willst du nun meine Geschichte hören oder nicht?«

»Doch, doch, na klar.«

»Dann hör zu. Du kannst dir sicher vorstellen, dass der ganze Frust nicht spurlos an uns vorübergeht. Die meisten Feen werden erst depressiv und dann böse. Ich bin wohl auch auf dem besten Weg dahin. Man fängt an mit dem, was wir Feen ›ironische Wunscherfüllung‹ nennen. Wir haben ja eine gewisse Freiheit, welche Wünsche und wie wir sie erfüllen. Neulich hat sich eine Frau ganz ernsthaft bei einer Kollegin Silikontitten gewünscht, naja, und die Fee hat also an ihr rumgezaubert und dann gesagt: ›Es gibt leider immer nur einen Gegenstand pro Wunsch, ich hab dir dafür aber möglichst viel Silikon in die eine Brust gepackt – das war doch sicher in deinem Interesse, oder?‹ Hihi, das sah sicher lustig aus. Leider konnte sie kein Foto machen, weil die undankbare Frau schreiend auf sie losgegangen ist und sie sich schnell vom Acker machen musste, naja. Von mir wollte vor 'ner Weile jemand einen Koffer voll Geld, und ich so zu ihm: ›Sorry, nur eine Sache. Koffer oder Geld?‹, und er wollte natürlich das Geld und schwupps!, hielt er einen 500-Euro-Schein in der Hand. Mehr ist eben nicht drin; er hätte froh sein sollen, dass ich ihm nicht ein Cent-Stück gegeben habe. Naja, was soll ich sagen, er hat sich nicht gefreut, sondern mich beschimpft und von Betrug geredet und ist ganz unangenehm geworden. Da war ich doch sehr froh, dass ich ihm einen Fünfhunderter mit gespeicherter Nummer gegeben habe, der aus einem Banküberfall stammte. Dürfte lustig werden, wenn er erklären muss, wo er den herhat.

Ach, ich hab's so satt. Und es wird immer schlimmer. Hast du 'ne Ahnung, wie oft ich mir schon von irgendwelchen schmierigen Typen ›Bück dich Fee, Wunsch ist Wunsch‹ anhören musste? Und jeder von ihnen hielt sich für originell!«

Sie schüttelte angewidert den Kopf.

»Und? Die haben doch dann nicht wirklich …?«

»Nein, igitt! Wie gesagt, nur gegenständliche Wünsche. Wer sowas sagt, kriegt 'ne Aufblaspuppe der Marke ›Fairy Fuck – Drei Löcher für deine drei geheimen Wünsche‹. Können sie eigentlich froh sein – echte Feen erfüllen nur einmal einen einzigen Wunsch.«

»Das klingt ja schauderhaft. Kannst du nicht einfach damit aufhören?«

»Haha, klar. Pass auf, du gewöhnst dir das Atmen ab und ich mir das Wünscheerfüllen! Nach einem Tag ohne werden wir ganz kribbelig, am zweiten wird uns schwindlig, am dritten schlecht, ab dem vierten tut uns alles weh. Länger als fünf oder sechs Tage hält keine von uns durch. Es sei denn …« Sie beugte sich vor und klapperte mit den Handschellen.

Eine Wolke schob sich vor den Mond und eisige Kälte breitete sich in meinem Herzen aus. »Scheiße! Du hast dich selbst angekettet!«

Die Fee nickte. »Und dann hab ich den Schlüssel weggeworfen. Weißt du, wenn wir von Neumond bis um Mitternacht in einer Vollmondnacht keinen Wunsch erfüllen, dann dürfen wir uns einmal selbst etwas wünschen.«

Scheiße, dachte ich. Scheiße, Scheiße, Scheiße.

»Und ich …«

»Und du bist keine halbe Stunde bevor es so weit gewesen wäre, hier vorbeigekommen. Und ich hab es nicht mehr ausgehalten, hab dir deinen Wunsch erfüllt, weil es mir so dreckig ging, und jetzt war die ganze Quälerei umsonst. Zwei Wochen Schmerzen und Einsamkeit.« Sie seufzte.

»Oh Mann, und das alles für ein blödes iPad. Entschuldige!«

Sie zuckte mit den Schultern. »Tja, dumm gelaufen. Nach UN-Kriterien gilt die Uckermark als unbesiedeltes Gebiet, und die

Touri-Saison ist lange vorbei. Hätte klappen können, aber der feine Herr musste sich ja im Wald verlaufen.«

»Warte, warte, ich habe eine Idee. Jetzt müsste Mitternacht vorbei sein, und du kannst wieder einen Wunsch erfüllen! Ich wünsch mir jetzt einfach, was du dir gewünscht hättest!« Hoffentlich klappte das, und ich hielt nicht plötzlich doch noch den Goldklumpen oder, schlimmer noch, ein Ladegerät für mein iPad in der Hand.

Die Fee lächelte traurig. »Nette Idee, danke, aber wir können jedem Menschen nur einmal einen Wunsch erfüllen. Zum Glück, denn sonst würden uns irgendwelche Arschlöcher in ihren Kellern gefangen halten und sich jeden Morgen einen Wunsch abholen.«

»Na dann ...« Ich warf das iPad auf eine Betonplatte und trat mit dem Stiefelabsatz darauf. Es knackte. »Ich möchte reklamieren, mein Wunsch ist kaputt, ich will 'nen neuen.«

Jetzt lachte sie. »Du bist ein Trottel! So funktioniert das nicht, es gibt keine Garantie für Wünsche. Schade um dein schönes Tablet.«

»Ach weißt du, ich hätte sowieso keine Freude daran gehabt. Ich will dir nur helfen.«

»Was ich mir wünsche, kann sich eine Fee nur selber erfüllen.«

»Und was ist das?«

Sie schüttelte nur den Kopf.

»Komm schon, alles andere hast du mir auch erzählt.«

»Gib mir noch 'ne Zigarette. Danke. Also gut, wenn du es unbedingt wissen willst. Aber danach musst du für mich den Schlüssel zu den Handschellen suchen, noch mal steh ich das hier nicht durch.«

»Klar.«

»Das Einzige, was wir Feen uns wünschen können, ist ...« Sie stockte. »Wenn du nicht gekommen wärst, hätte ich mich um Mitternacht in Mondlicht und Tautropfen verwandelt und endlich meinen Frieden gehabt. Tja, du hast 'ner Fee das Leben gerettet, du Arsch!« Sie grinste mich schief an.

Es ist schwer zu sagen, was genau ich in diesem Moment empfand. Mitleid, Scham, aber auch eine Spur Stolz. Immerhin ist es doch nichts Schlimmes, ein Leben zu retten! Das war sicherlich der seltsamste Vorwurf, der mir je gemacht wurde. Ich fand ihn nicht ganz fair und murmelte irgendetwas wie »War doch keine Absicht, kann doch jedem mal passieren, was sitzt du auch ausgerechnet hier rum, wo ich mich verlaufen will, bloß weil ich ein iPad wollte, bin ich noch lange kein schlechter Mensch, und außerdem war es nur die Billigvariante mit 16 Gigabyte und ohne 3G und überhaupt: Andere gefesselte Mädchen im Wald hätten sich gefreut, wenn ich vorbeigekommen wäre und sie gerettet hätte«, und plötzlich begann sie zu kichern, dann zu lachen, und ich lachte mit ihr über meine Blödheit.

Erst im Morgengrauen fand ich den Schlüssel zwischen totem Holz und glitschigem Moos.

»Wirst du es wieder probieren?«, fragte ich, und sie schüttelte den Kopf; Sternschnüppchen fielen aus ihrem Haar. »Nein, so bald nicht, das war zu schrecklich. Mach's gut. Und mach dir keine Gedanken.« Sie wandte sich zum Gehen.

»Warte«, rief ich. »Geh nicht, bleib bei mir, lass uns zusammen frühstücken, auch wenn du nichts essen musst, ähm, du kannst ja rauchen, uns fällt schon was ein!«

Sie drehte sich noch einmal zu mir um und lächelte traurig. Dann ging sie davon.

Ich aber konnte mich nicht rühren, sosehr ich es auch wollte; meine Beine gehorchten mir nicht. Erst als sie zwischen den Bäumen verschwunden war, löste sich der Bann, ich rannte ihr nach, doch ich konnte sie nicht finden. Planlos lief ich durch den Wald, Zweige schlugen mir ins Gesicht, ich war wie von Sinnen, bis ich schließlich stolperte, in weiches Moos fiel, meinen Kopf darin vergrub und weinte.

Als ich ihn endlich wieder hob, sah ich vor mir ein Haus, das ganz aus Lebkuchen zu bestehen schien. Eine alte, unfassbar hässliche Frau stand davor und grinste mich an. »Na?! Verlaufen, junger Mann?«

Aber das ist schon wieder eine ganz andere und noch viel traurigere Geschichte.

VOM UNTERGANG DES ABENDLANDES

Nach einer Lesung in Olten in der Schweiz tranken Micha Ebeling, einige liebe Menschen und ich noch ein Bier in der Bar des Veranstaltungsortes. Ich staunte über ein altes Telefon, das an einem Pfeiler der Bar hing. Mit Wählscheibe, Münzeinwurfschlitz, grauem Hörer und allem Drum und Dran. Dazu wurde uns folgende Geschichte erzählt:

Einige Tage zuvor hatte ein sehr junger Mann die Barfrau gefragt, ob er irgendwo telefonieren könne, sein Handy-Akku sei alle. Die Barfrau hatte ihn stumm auf das altertümliche Gerät hingewiesen, der Mann hatte genickt. Dann stand er unschlüssig vor dem Telefon, bis die Barfrau sich schließlich erbarmte und ihm erklärte, dass er seinen Zeigefinger in das Loch mit der zu wählenden Ziffer zu stecken und dann die Scheibe im Uhrzeigersinn bis zum Anschlag zu drehen habe. Begreifen und wohl auch eine vage Erinnerung zeichneten sich auf dem Gesicht des Mannes ab; er machte sich umgehend ans Werk, wählte sichtlich aufgeregt Ziffer um Ziffer – und hob anschließend den Hörer ab.

So sieht es aus. Schon tauchen die ersten Leute auf, die nicht einmal mehr mit einem Slider-Handy mit Tasten klarkommen, sondern verzweifelt über das Display wischen, wenn man es ihnen in die Hände drückt.

Das iPhone wird uns alle zu Idioten machen. Ich weiß: Das ist auch schon vom Fernsehen und tausend anderen Dingen behauptet worden – aber diesmal stimmt es!

Zu glücklichen Idioten immerhin, erwachsenen Männern und Frauen, die im Bus niedliche Spiele mit witziger Cartoongrafik spielen, ohne dass es ihnen peinlich wäre, die in sozialen Netzwerken vor sich hin schnattern und sich in Kneipen gegenseitig ihre Apps zeigen. Als H. G. Wells *Die Zeitmaschine* schrieb, da schrieb er über uns: die selig ihre Touchscreens streichelnden Eloi und die Morlocks von Apple und Co.

Es ist verrückt: Niemand braucht ein iPhone und trotzdem brauchen alle ein iPhone. Als sei menschliches Leben vor dem iPhone praktisch gar nicht möglich gewesen. Dabei haben Archäologen Belege dafür gefunden, dass etwa die Urmenschen noch ohne so etwas ausgekommen sind. Sie hatten eine Höhle, ein Fell und genau zwei Gadgets: einen Faustkeil und einen angespitzten Stock, der über die beiden Apps »Feuermachen« und »Mammut erlegen« verfügte. Wer wollte, hat sich noch eine Keule gesucht und *Angry Cavemen* gespielt.

Mark Twain schrieb: »Zivilisation ist die unablässige Vermehrung unnötiger Notwendigkeiten.« Wer so doof ist, sich ein iPhone zu kaufen, wird schnell feststellen, dass es ein Zivilisationsbooster ist, denn mit seiner Anschaffung potenziert sich die Anzahl der unnötigen Notwendigkeiten auf der Stelle. Selber schuld, wer sich so einen Scheiß ins Haus holt, kann ich da nur sagen, und ich weiß, wovon ich rede, ich habe schließlich auch ein iPhone! Von Samsung! Wenn Zewa Softies auch Tempo-Taschentücher sind, ist mein Samsung auch ein iPhone. Nur viel besser. Weil es Android als Betriebssystem hat und man dafür zum Beispiel auch Erotik-Bildschirmschoner runterladen kann, die es nie in Apples zensierten, puritanischen App-Store schaffen würden. Ich will keinen Erotik-Bildschirmschoner, aber ich will die *Möglichkeit* haben, mir einen zu installieren, verdammt noch mal!

Im Leben eines jeden Menschen gibt es Tage, an die er sich immer erinnern wird. Den 11. September 2001, den 9. November 1989, den Tag, an dem er sein erstes Smartphone gekauft hat. Wahrscheinlich haben mehr Menschen ihren ersten Kuss vergessen als ihren ersten Touchscreen.

Bei mir war es der 16. April 2011. Innerhalb der ersten Stunde nach dem Einrichten lud ich vier Spiele, einen Taskmanager, einen Businesskalender, einen Traffic-Monitor und einen C64-Emulator herunter, außerdem mehrere Musik- und Videoplayer, Apps für GMX, Facebook, Wikipedia, Flickr, Wordpress und Twitter, dazu diverse Wetter-, Kalender-, Batteriestatus-, Taschenlampen- und To-do-Listen-Widgets, iBeer für Android, einen Furztongenerator, diverse Musikvideos, eine isländische Kochsendung ohne Untertitel, einen Erotik-Bildschirmhintergrund (einfach nur, um ein Zeichen gegen die Zensurpolitik von Apple zu setzen), einen Schlipsknotenassistenten, einen interaktiven Makramee-Kurs, ein Kirgisisch-Wörterbuch, ein finnisches Reimlexikon und natürlich die allernötigste unnötige Notwendigkeit: so ein Programm, mit dem man Fotos machen kann, die dann wie alte Polaroids aussehen.

Mit diesem fotografierte ich in der folgenden Stunde eine Blume und eine Wolke und eine Wand, deren Putz bröckelte, und ein »Fickt das System«-Graffito, eine weggeworfene Bierflasche, eine nackte Schaufensterpuppe, eine Oma, die aus dem Fenster guckte, einen Mann, der ins Gebüsch pinkelte, diverse vorbeilaufende Frauenbeine, noch eine Wand mit bröckelndem Putz, meine Füße, einen Fahrkartenautomaten, einen Hund, einen Hundehaufen, ein umgekipptes Fahrrad, einen vollen Aschenbecher, eine Bratwurstbude, einen Zaun, einen Trabbi und eine überfahrene Taube, die ich mit der Bildunterschrift »Warum?« versah, und alles sah automatisch aus wie ganz große Kunst, und dann habe ich den ganzen Quatsch bei Facebook, Flickr, Wordpress und jeder anderen Datenmüllkippe, die ich finden konnte, hochgeladen, aber die waren schon voll mit solchem Mist, und es hat kaum jemanden interessiert. Deshalb habe ich mir schließlich hinter einer Hecke die Hose runtergezogen und meinen Hintern fotografiert. Mit so einem Tilt-Effekt, mit dem alles wie eine Modellbahnanlage aussieht, und dafür gab es dann immerhin zwei oder drei »Gefällt mir«-Klicks.

Dann habe ich noch ein halbes Stündchen mit dem Furztongenerator gespielt, der wirklich sehr, sehr gut ist und über viele

Einstellmöglichkeiten verfügt. Anschließend habe ich verzweifelt versucht, die Onlinebezahlfunktion einzurichten, weil ich mir die Vollversion des Erotik-Bildschirmschoners kaufen wollte, da die Gratisversion nur drei Damen enthielt, doch ich scheiterte.

Und plötzlich *klingelte* mein Samsung-iPhone. Ich musste schmunzeln. Ein Anruf auf einem Smartphone, das war doch, als würde man mit einem Atomeisbrecher auf dem Dorfteich herumschippern. Ich freute mich natürlich, dass auch diese Zusatzfunktion einwandfrei zu arbeiten schien, hatte aber wenig Lust auf ein Telefonat. Es gab noch so viel Neues zu entdecken und auszuprobieren; telefoniert hatte ich schon so oft, das erste Mal irgendwann in den 70er-Jahren mit schlagersüßtafelverschmierten Kinderfingern in der Wählscheibe von Omas Bakelit-Telefon, das man neben dem Telefonieren höchstens noch zum Beschweren von Briefen benutzen konnte.

Andreas Krenzke (Spider) sagte einmal zu mir: »Die Leute freuen sich mehr über ihre neuen Telefone als über die Anrufe, die sie darauf bekommen.« Das ist nur allzu verständlich, da sich das Niveau der Kommunikationsmittel ständig weiterentwickelt, während das Niveau der Kommunikation aufgrund der viel zu langsamen evolutionären Weiterentwicklung der Kommunizierenden stagniert.

Wie auch immer: Ich nahm den Anruf entgegen. Eine gute Freundin war »am Apparat«, sagte, sie habe den Nachmittag überraschend frei, und fragte, ob ich Lust auf einen Kaffee hätte. Hatte ich eigentlich nicht, doch dann fiel mir ein, dass geteilte Freude doppelte Freude ist und ich ihr mein neues Handy zeigen könnte.

Wie sich schnell zeigte, interessierte sie sich jedoch weder für Fake-Retro-Fotografie noch für C64-Emulatoren, und sogar der Furztongenerator ließ sie kalt.

»Für mich ist ein Telefon zum Telefonieren da und vielleicht noch zum Simsen. Mehr muss das nicht können«, sagte sie. Ich gab zu bedenken, dass das eine sehr altmodische Einstellung sei und der Fortschritt nun mal oft zu Erweiterungen des Funktionsumfanges und gesteigerten Ansprüchen führe: »Vor hundertfünfzig Jahren war eine Frau nur zum Gebären da und vielleicht noch zum Kochen. Und es ist doch schön, dass sich das geändert hat, oder?«

Sie lachte, wollte aber die Stichhaltigkeit meines Argumentes nicht akzeptieren, es war von Äpfeln und Birnen und angeblich unmöglichen Vergleichen zwischen diesen die Rede, wobei ihr nicht aufzufallen schien, dass sie damit selbst Handys und Frauen mit Äpfeln und Birnen verglich und damit ein klassisches Paradoxon konstruierte; jedenfalls habe sie sich nicht mit mir getroffen, um mein Smartphone zu beglotzen. »Ich wollte ein bisschen mit dir *reden*«, sagte sie und zog eine Schnute, von der ich ein sehr lustiges Foto mit einer App machte, die die Gesichter automatisch wie ein Zerrspiegel in eine Karikatur verwandelte.

»Reden?«, fragte ich, während ich aus dem Menü eine alberne Brille auswählte und auf das Gesicht montierte. »Worüber denn?«

»Was weiß ich. Wir haben uns so lange nicht gesehen. Geht's dir gut? Hast du irgendwelche Sorgen?«

Ich schaute sie kurz an, dann nickte ich und ließ meinen ganzen Kummer heraus. Dazu sind doch Freunde da. Ich erzählte ihr, dass der Akku schon auf 36 Prozent runter war, dass die Notizbuch-Apps, die ich ausprobiert hatte, alle scheiße waren, und dass die Raubkopie des Erotik-Bildschirmschoners, die ich inzwischen heruntergeladen hatte, nicht richtig funktionierte.

Leider stellte sich anschließend heraus, dass sie auch Probleme hatte, die sie gerne loswerden wollte, irgendwas mit ihrer Tochter und ihrer Mutter und ihrem Freund und ihrem Chef, irgendwer davon war wohl krank oder hatte sie verlassen oder entlassen oder betrogen oder so, ich habe das nicht genau mitbekommen, weil ich (während ich in angemessenen Abständen Sozialgeräusche von mir gab) unter dem Tisch die Statusmeldungen meiner Facebook-Freunde gelesen hatte.

Wie gesagt, es war mein erster Tag mit dem neuen Handy, inzwischen ist es nur noch ein gelegentlich nützlicher Gegenstand in meiner Hosentasche neben Schlüsselbund und Taschentüchern. Man kann wieder normal mit mir reden. Wenn mir nach Furztönen ist, koche ich einen Bohneneintopf, die ganze Faszination ist verflogen. Es wird Zeit für das nächste große Ding, ob Datenbrillen oder Schlüpfer mit Internetanschluss – ich freu mich drauf!

DIE SCHWARZE ROSE

Und dann, kurz nach dem Frühstück, klopfte es leise an der Wohnungstür, und draußen, im Hausflur, stand sie, meine Ex, die Depression. In den Händen hielt sie eine tiefviolette, beinahe schwarze Rose, das schwarze Haar fiel ihr auf die Schultern, den Kopf hatte sie ein wenig schräg und nach unten geneigt und schaute mit ihren großen, kajalumrandeten Augen zu mir auf. Ich hatte fast vergessen, wie unglaublich attraktiv sie war.

»Was willst du?«, fragte ich sie.

»Dich. Das weißt du doch«, antwortete die Depression und blickte zu Boden. »Darf ich kurz reinkommen?«

»Vergiss es. Ich hab dir damals gesagt, dass es mit uns aus ist. Ich dachte, du hättest das begriffen«, sagte ich so grob ich konnte und wollte die Tür zuschlagen, doch in diesem Moment schaute sie wieder zu mir auf und sah so verloren aus, dass es mir einen Stich versetzte.

»Ich habe dich nie aufgegeben«, sagte sie.

»Und *ich* habe *mich* nie aufgegeben«, sagte ich. »Darum habe ich mich doch von dir getrennt. Und darum musst du jetzt gehen.«

»Ich will gar nicht lange bleiben. Nur kurz reden.«

»Es gibt nichts zu reden.«

»Nur auf einen Tee, bitte, es ist so kalt und grau dort draußen. Nach all den Jahren, die wir zusammen waren, ist das da zu viel verlangt? Nur einen Tee, damit ich mich bei dir entschuldigen kann.«

»Einen Tee. Und eine Entschuldigung. Und dann gehst du.«

Sie drückte mir die Rose in die Hand und kam herein. Ich stellte die Blume in eine leere Weinflasche, setzte Wasser auf und wartete. »Earl Grey mit viel Zitrone, wie früher?«, fragte ich, als das Wasser kochte. Sie nickte.

»Also?«, sagte ich. »Du wolltest dich entschuldigen?«

»Ja. Es tut mir leid, bitte verzeih mir«, sagte sie.

»Was tut dir leid?«, fragte ich.

»Dass ich damals einfach so gegangen bin.«

Ich schüttelte den Kopf. »Du bist nicht einfach so gegangen, ich hab dich rausgeworfen.«

»Aber nein, ich war so gekränkt, dass ich mich habe rauswerfen lassen. Bin gegangen, obwohl ich doch wusste, dass wir füreinander bestimmt sind. Verzeih mir.«

»Hör auf damit«, sagte ich. »Trink deinen Tee.« Wir schwiegen. Sie hielt die Tasse mit beiden Händen und beugte sich darüber. Das Haar hing ihr über das Gesicht, und ich erinnerte mich, wie sie sich damals, als sie noch bei mir wohnte, jeden Morgen über mich gebeugt und gesagt hatte: »Steh nicht auf, Liebster, bleib bei mir.«

Sie war noch immer so schön und verführerisch wie in jenen Tagen. »Du hast dich nicht verändert«, sagte ich, um das Schweigen zu brechen.

»Du bist älter geworden«, sagte sie. »Deine Schläfen sind grau, auf deiner Stirn sind Falten. Bald bist du ein alter Mann.«

»Hör auf«, sagte ich.

»Du musst keine Angst haben. Ich mag alte Männer. Und ich werde immer jung für dich bleiben.«

»Hör auf«, sagte ich und erhob mich. »Geh jetzt, ich habe zu tun.«

»Was hast du denn zu tun?«

»Alles Mögliche. Erstmal einkaufen gehen.«

»Tu das!«, rief sie, und ihre Zustimmung machte mich stutzig.

»Warum?«, fragte ich voller Misstrauen. »Haben die Schweine etwa schon wieder die Regale umgestellt?«

Sie nickte fröhlich. »Aber keine Angst. Ich komme mit. Und wenn da, wo früher die Kaugummis waren, auf einmal Kukident Haftcreme steht, nehme ich dich ganz fest in meine Arme«, sagte sie und lächelte, und ich war auf einmal unfassbar müde und ließ mich auf meinen Stuhl zurückfallen. Sie sah mich an, mit diesem Blick, in dem so viel Verständnis lag und so viel Tiefe.

»Bis du müde? Wollen wir uns hinlegen?«

»Geh jetzt«, sagte ich.

»Gleich. Lass uns nur noch einmal miteinander ins Bett gehen, bitte, der alten Zeiten wegen. Weißt du noch, wie wir uns geliebt haben? Wie wir uns nächtelang auf deinen Laken wälzten? Weißt du noch?«

Und sie erhob sich, kam zu mir hinüber und griff nach meiner Hand. Wie leicht es wäre, mit ihr zu gehen und mich in ihren Armen zu verlieren.

»Geh jetzt«, sagte ich und zog meine Hand weg. »Ich will dich nicht.«

Sie kniete vor mir nieder und legte ihren Kopf auf meine Knie. »Ich weiß. Aber du brauchst mich doch. Ohne mich bist du kein Ganzes. Ohne mich bist du nur Fassade. Ich bin der Abgrund, der deiner Seele Tiefe gibt. Du bist doch Künstler, ich bin deine Muse, du brauchst mich doch.«

Ihre Hand streichelte mein Bein, ihre Haare dufteten, und sie benetzte ihre Lippen mit der Zunge.

»Hör auf!«, sagte ich und schaffte es irgendwie, sie wegzuschieben. »Ich kenne deine Lügen, ich hab dir lange genug geglaubt!«

Ich sprang auf, zog sie am Kragen ihres schwarzen Kleides hoch, zerrte sie aus der Küche, riss die Wohnungstür auf und schubste sie ins Treppenhaus.

»Ich komme wieder«, keifte sie, und ihr eben noch so sanftes Gesicht war zu einer boshaften Fratze verzerrt. »Und wenn du eines Tages eine Geschichte über meinen Besuch schreibst, dann denke daran, was du mir alles zu verdanken …« Ich schlug die Tür zu.

Die tiefviolette, beinahe schwarze Rose steht noch immer auf meinem Küchentisch, riecht betörend und weigert sich zu verwelken. Aber alle drei Tage hole ich einen Strauß bunter Schnittblumen und stelle ihn dazu. Das sieht eigentlich sehr hübsch aus.

SCHMETTERLINGSEFFEKT

Wenn der Flügelschlag eines kleinen Schmetterlings im Volkspark Berlin-Friedrichshain einen Orkan in Brasilien auslösen kann, wie viel mehr kann dann ein Mensch bewirken?

Als Sie dieses Buch aufschlugen, entstanden kleine Luftwirbel, in Amerika fällt deshalb vielleicht eine Lottokugel anders, und anstelle eines unsympathischen Idioten gewinnt eine nette ältere Dame den Jackpot. Von dem Geld kauft sie sich ein schönes Haus, in dem sie und ihr Mann und ihre vier Katzen endlich glücklich werden, ein Haus mit einem Garten, in dem eine Hollywoodschaukel steht, deren Schwingungen im nächsten Herbst den Fall eines kleinen Blattes von einem Baum in Berlin so beeinflussen werden, dass es mir direkt vor die Füße fallen und meine Aufmerksamkeit auf sich lenken wird, wodurch ich den Hundehaufen sehe, in den ich ansonsten getreten wäre und den ich durch mein Gewicht komprimiert und damit die Masseverteilung im Sonnensystem geringfügig geändert hätte – mit fatalen Auswirkungen auf die Flugbahn eines Asteroiden, der nun zum Glück doch knapp an der Erde vorbeischrammen wird.

Hätten Sie das Buch nur eine Sekunde später geöffnet, hätte stattdessen das Nordlicht über Alaska den Satz »Wer das liest ist doof« in kyrillischen Buchstaben an den Himmel geschrieben.

Wenn ich mir jetzt die Sachen vom Leibe reißen würde, mir einen Blumenstrauß in den Po steckte und laut aus *Faust. Der Tragödie zweiter Teil* zitierend im Hockstrecksprung durch mein Zimmer hüpfte, dann, ja dann könnte es geschehen, dass in China ein Sack Reis umfällt, doch damit wäre niemandem gedient, daher tue ich es nicht. Womöglich fiele er jemandem auf den Fuß, und das täte mir leid, es sei denn, es handelte sich um den Fuß des chinesischen Bauern, dessen unbedachtes Kopfschütteln vorgestern Abend dafür sorgte, dass es just in dem Moment zu regnen begann, als ich das Haus verließ – dieser Arsch!

Wenn aber ein einziges, kleines Menschlein so viel bewirken kann, was könnten dann erst alle Leser dieses Buches gemeinsam erreichen? Wir müssten nur einmal synchron mit den Augen zwinkern, und es würde in der Sahara regnen, wir müssten nur einmal laut »Buh!« machen, und auf dem Mars entstünde spontan Leben, und wenn wir alle uns die Sachen vom Leibe rissen, Blumen in den Po steckten und laut aus *Faust. Der Tragödie zweiter Teil* zitierend im Hockstrecksprung durch unsere Wohnungen hüpften, dann fiele nicht nur ein Sack Reis in China um, sondern auch eine Tüte Pfandflaschen in der Nähe des Hauptbahnhofs Mönchengladbach!

Wenn aber wir paar kleinen, unbedeutenden Menschlein, eine kleine, exklusive Gruppe unter sieben Milliarden, so viel bewirken können, wie viel mehr könnten dann erst alle Menschen gemeinsam erreichen?!

Wir müssten vielleicht nur alle zusammen aufstehen, die Fäuste in den Himmel recken und rufen: »Genug! Es reicht! Vorbei sind die finsteren Zeiten! Vorbei die Tage der Gier, des Zwistes und der Dummheit, vorbei die Jahre des Krieges, des Hungers und der Fernsehwerbung! Die vereinte Menschheit bricht auf in ein neues Zeitalter! Hier stehen wir, vereint in dem Willen, all die Lügen zu strafen, die uns dumm und grausam nennen, vereint in dem Glauben, dass wir eine bessere Welt schaffen können, vereint in der Hoffnung, dass die Völker des Universums uns als gleichberechtigte, friedliebende Brüder und Schwestern in ihrer Mitte willkommen heißen werden!« Und wenn dieser Ruf erklingt, wenn er mit voller Inbrunst und von ganzem Herzen in tausend Sprachen erschallt aus sieben Milliarden Kehlen, dann, ja dann, kann es durchaus sein, dass wir den Lauf der Geschichte beeinflussen werden!

Aber vielleicht ist das auch Spinnerei. Vielleicht würde unser Ruf nichts weiter bewirken als eine leichte Veränderung der Anordnung der Streusel auf einem Stück Brausekuchen auf der Kindergeburtstagsfeier von Sven Gomolka aus Neustadt an der Dosse.

Hat nicht letzten Endes das Wetter viel größeren Einfluss auf den Schmetterling als umgekehrt? Und kann es nicht sein, dass gerade das Aufschlagen dieses Buches dazu geführt hat, dass in Amerika statt der netten alten Dame der Idiot den Jackpot gewonnen hat?

Sicher weiß ich nur eines: Wenn Ihnen dieses Buch gefällt, dann freut das sowohl Sie als auch mich. Und wenn wir beide uns freuen, bedeutet das, dass ein klitzeklitzekleines bisschen mehr Freude in der Welt ist. Und wer weiß schon, was so ein klitzeklitzekleines bisschen Freude alles bewirken kann ...

DAS FLASCHENPUTTEL

Einst lebte im Märchenland ein Mädchen mit Namen Griseldis, das aber stets nur »das Flaschenputtel« genannt wurde. Seit frühester Kindheit nämlich arbeitete Griseldis am Tresen der Kneipe ihrer bösen Stiefmutter, einer billigen, verqualmten Spelunke, in der nur Flaschenbier, Tetrapackwein und Dosenschnaps angeboten wurden.

Das Flaschenputtel war ebenso unglücklich wie fleißig und folgsam, nie gab es Anlass zur Klage. Ihre bösen Stiefschwestern aber verachteten Griseldis und verhöhnten sie, wann immer sie konnten. »Du Opfer!«, sagten sie, und wenn ihnen gerade besonders böse zumute war, zogen sie an ihren Haaren oder knufften sie in den Bauch, und wehe, sie wagte es, sich zu wehren!

Griseldis, das Flaschenputtel, aber ertrug ihr Schicksal, denn sie wusste, dass eines Tages die Liebe sie aus diesem Elend erlösen würde. Ihre Mutter nämlich hatte ihr vor vielen Jahren auf dem Sterbebett eine Prophezeiung gemacht: »Dein erster Kuss, meine Tochter, wird einen Prinzen erlösen, und fortan werdet ihr für den Rest eures Lebens in Liebe vereint sein.«

Nun trieben in jener Zeit einige Prinzen im Märchenland ihr Unwesen; eitle Stutzer allesamt, Taugenichtse, Prahlhänse, Windbeutel, sittenlose Hallodris und Dummköpfe. Nur einer von ihnen, Prinz Norbert, war ganz anders. Schön an Gestalt und Seele, ausgestattet mit Intelligenz, Humor und einem unverdorbenen Herzen – das weiße Schaf in der schwarzen Herde der Königsfamilie. Ihn allein konnte Griseldis' Mutter in ihrer Weissagung gemeint haben.

In den zerlesenen Boulevardzeitungen, die die bösen Stiefschwestern ihr gelegentlich mit gönnerhaftem Blick überließen, verfolgte sie fasziniert die Geschichte dieses liebsten, klügsten und zartesten Königssohnes. Prinz Norbert musizierte lieber, als sich in Diskotheken zu betrinken; statt mit Sexskandalen machte er mit seinem Engagement für Frieden und behinderte Tiere von sich reden, und wenn seine Brüder mit ihren Sportwagen über das Holperpflaster des Städtchens donnerten, saß er auf der Schlossmauer und las in einem Gedichtband. Griseldis entbrannte in heftiger Liebe zu dem doch so Unerreichbaren.

Der bösen Stiefmutter und ihren blöden Töchtern aber war diese edle und reine Liebe nichts als ein steter und willkommener Anlass für Schadenfreude und allerlei Hässlichkeiten. »Flaschenputtel liebt den Schwuchtel-Prinz!«, so sangen sie, und die böseste der bösen Stiefschwestern brachte eines Tages ein winziges Gewürzgürkchen mit in die Kneipe: »Guck mal! Ein original Prinz-Norbert-Dildo! Kannste schonmal üben!« Und all die Säufer und Verlierer an ihren Tischen und an der Bar brachen in schallendes Gelächter aus.

Allein, die Liebe des Mädchens focht keine Obszönität und keine Gemeinheit an. Und schließlich kam jener Tag, der ihrem Leben eine Wendung geben sollte. Große Lettern auf den Titelseiten der Tageszeitungen verkündeten die Nachricht: Prinz Norbert verschwunden! Von einem Spaziergang im Wald sei er nicht zurückgekehrt, keine Spur habe man finden können, obwohl man mal kurz nachgeguckt habe. Wahrscheinlich sei er in die Welt hinausgezogen, um in einem fernen Kloster sein Leben zu verbringen, hieß es mit kaum verhohlener Erleichterung aus der Umgebung des Königs. Doch die Gerüchteküche brodelte wie eine Coca-Cola-light-Flasche, in die man ein Mentos-Kaubonbon geworfen hatte. Hatten die anderen Prinzen ihn entführt und ermordet, damit er und sein gutes Herz nicht länger Schande über die Königsfamilie brachten? Hatte er sich das Leben genommen? Hatte eine böse Hexe ihn verzaubert, auf dass er von nun an als Reh die Wälder durchstreife?

Niemanden wird wundern, dass das Flaschenputtel fest an die letzte Möglichkeit glaubte, denn so ergab die Prophezeiung ihrer

Mutter endlich Sinn, und alles, was sie tun musste, war, den verzauberten Prinzen zu finden und ihn mit einem Kusse zu erlösen! Tag für Tag durchstreifte sie die Wälder auf der Suche nach ihrer großen Liebe, um dann doch wieder Nacht für Nacht nach wenigen Stunden Schlaf aufs Neue enttäuscht und todmüde am Tresen der traurigen Stampe ihrer Stiefmutter zu stehen.

Den bösen Stiefschwestern aber blieb ihr Tun nicht verborgen und ein neuer Quell für Spott und Häme tat sich ihnen auf. Einmal versteckten sie einen kleinen Frosch, dem sie mit Pattex ein Krönchen auf den Kopf geklebt hatten, in ihrem Bett und wieherten vor Freude wie Ackergäule, als sie sich erschreckte. »Flaschenputtel, fick den Frosch! Flaschenputtel, fick den Frosch!«, grölten sie – nun wisst ihr auch, woher dieser beliebte Kinderreim stammt.

Ach, welche Dummheit aus ihnen sprach! Als ob man einen Prinzen in einen Frosch verwandeln könnte! Auch in der Magie gilt der Satz von der Erhaltung der Masse und Energie; die Verwandlung eines ausgewachsenen Menschen in einen Frosch ginge mit der Annihilation von Dutzenden Kilogramm Materie einher; die Explosion hätte das ganze Märchenland ausgelöscht!

Die Wochen aber vergingen, und der armen Griseldis schwand der Mut, da sie auf ihren Streifzügen durch den Märchenwald nicht die kleinste Spur eines verzauberten Prinzen finden konnte.

Stattdessen – fand der Prinz sie.

Doch an ein Happy End war noch lange nicht zu denken, denn sie erkannten einander nicht. Eines Abends nämlich kam ein armer, traurig dreinschauender Poet namens Volker in die Kneipe, um sich beim Biere von seinen Sorgen abzulenken. Dieser Poet aber war in Wirklichkeit niemand anders als Prinz Norbert, den tatsächlich eine Hexe im Auftrag des Königs, wenn auch nicht in ein Reh, so doch in einen erfolglosen Schriftsteller verzaubert hatte. Wie in solchen Fällen üblich, sollten ihn nur die Lippen einer Frau, die ihn wahrhaft liebte, von diesem Fluch befreien können. Da aber kaum eine Frau im Reiche dumm genug war, sich in einen armen Poeten zu verlieben, war dieser Fall beinahe ausgeschlossen.

Immerhin war die Hexe barmherzig genug gewesen, dem Prinzen jede Erinnerung an seine königliche Herkunft zu nehmen, denn sein neues Leben war schon hart genug, auch ohne dass er wusste, was er verloren hatte.

Der verwunschene Prinz also bestellte ein Bier, ohne sonderlich auf die ziemlich übermüdete Frau hinter der Theke zu achten. Doch nach und nach entspann sich ein Gespräch zwischen den beiden versehrten Seelen, und schließlich – der Alkohol mochte eine gewisse, aber gewiss keine entscheidende Rolle gespielt haben – verliebte sich der Poet, der in Wahrheit ein Prinz war, in Griseldis, das Flaschenputtel.

Ach, wenn Griseldis ihn doch nur ebenfalls hätte lieben können! In Nullkommmanichts würde dieses Märchen glücklich mit einem Kuss enden. Griseldis' Herz aber gehörte einzig ihrem Traumprinzen. Und ihren ersten Kuss konnte sie nicht an traurige Poeten verschenken, so gern sie es vielleicht auch getan hätte, denn sie musste ihn bewahren, wenn die Prophezeiung ihre Mutter sich je erfüllen sollte. Wie konnte sie ahnen, dass ihr Prinz direkt vor ihr stand?

Dennoch war sie dem Dichter und den schönen Worten, die er sprach, sehr zugetan, und so lud sie ihn ein, wiederzukommen, wann immer er wolle. Und wenn er ihr eine schöne Geschichte mitbrächte, am besten ein Märchen, ein Märchen ganz für sie allein, dann wolle sie ihm das Bier umsonst geben.

Und so ging Volker, der arme Poet, beschwingt nachhause, in Gedanken schon ganz bei den Märchen, die er dem Flaschenputtel erzählen wollte. Diese Märchen aber wollte er aus dem wahren Leben schöpfen, und so beschloss er, dass die Bewohner des Hauses, in dem er lebte, die Vorbilder für seine Märchenfiguren sein sollten. Mochten sie auch noch so gewöhnliche Menschen sein – er würde die Prinzessinnen und Könige in ihren Herzen aufspüren und in seinen Märchen zum Leben erwecken! (Jedem, der auch nur ein Semester Küchenpsychologie studiert hat, muss klar sein, dass hier der im Keller der Seele des Poeten eingesperrte Prinz mit den Fäusten gegen die Türen seines Verlieses trommelte und auf sich aufmerksam zu machen suchte.)

Gleich am nächsten Tag machte sich Volker daran, seine Nachbarn kennenzulernen. In seinem Flur stand seit Wochen ein Paket, welches der Postbote für die Familie eine Etage höher abgegeben hatte. Er beschloss, die Ereignisse voranzutreiben und das Paket selbst bei seinen Nachbarn vorbeizubringen.

Kaum hatte er geklingelt, öffnete ihm eine fröhlich dreinschauende Frau in mittleren Jahren. Sie trug das lange Haar offen und einen unförmigen Rock mit bunten Ethnomotiven. »Nein, unsere Weinlieferung«, rief die Frau und patschte ihre Hände an die Wangen. »Wir hatten gar keinen Zettel im Briefkasten!« Dann lachte sie. »Wir haben uns schon beschwert und bereits eine Ersatzlieferung erhalten. Na sowas. Jetzt haben wir zwölf Flaschen zum Preis von sechs. Ist das Leben nicht manchmal wie ein Märchen?! Vielen Dank! Wollen Sie vielleicht einen Moment hereinkommen? Sie sehen mir ganz wie ein armer Poet aus, der eine ordentliche Mahlzeit wohl vertragen könnte, und wir haben mehr als genug, um einen Gast zu beköstigen!«

Und sie führte ihn in ein prächtiges Esszimmer, wo sich ein riesiger Tisch unter erlesenen Köstlichkeiten bog, von A wie Antipasti bis Z wie … Kaviar. Eine Tafel, beinahe so prächtig gedeckt wie im Schlosse des Königs, dachte der Poet und wunderte sich kurz, woher er dies zu wissen glaubte.

Am Tische aber saß ein Mann, ebenso alt wie die Frau, mit einem Gesicht wie Sauerrahm und einigen wenigen kümmerlichen Haaren, die grau und kraftlos, aber doch tapfer letzte Stellungen über und in seinen Ohren hielten. »Das ist der Gottfried, mein Mann, ich heiße übrigens Monika, und Sie?« Schnell war die Begrüßung erledigt und die Paketgeschichte erzählt; am Tische wurde ein weiterer Platz eingedeckt und der Besucher gebeten, sich zu setzen.

»Nehmen Sie nur!«, sagte Monika und schaufelte sich Leckereien auf ihren Teller, während ihr Mann nach einer Fernbedienung griff. »Ich hoffe, es stört Sie nicht, wenn wir fernsehen?«, fragte er und zielte auf eine riesige Kristallkugel, die im selben Moment zum Leben erwachte. Er zappte durch die Kanäle. Quizshows, Boulevardmagazine, Berichte von der Zauber-Olympiade, Dokusoaps und Werbung für allerlei Wundermittel wechselten sich ab und wurden von Monika mit Seufzern, von Gottfried mit abfälligem Grunzen kommentiert, bis endlich Bilder von dunkelhäutigen Kindern eines fernen Landes, die auf einer Müllkippe nach Verwertbarem suchten, durch die Kristallkugel flimmerten und Gottfried mit einem Nicken die Fernbedienung beiseitelegte, um sich eine Gabel Rucola in den Mund zu schieben.

»Wir schauen gern Berichte aus der weiten Welt zum Essen«, erklärte Monika. »Um uns daran zu erinnern, wie gut wir es haben.« Ihr Mann nickte. »Was ist das nur für eine Welt, in der die einen sich mit geistlosem Müll amüsieren, während die anderen hungernd im Müll wühlen müssen?« Etwas Vinaigrette tropfte von seinem Kinn.

»Mir vergeht fast der Appetit, wenn ich diese armen Kinder sehe«, murmelte Monika, während sie einen gefüllten Champignon kaute. Ihr Mann ermahnte sie streng: »Sicher, aber dies ist doch das Mindeste, was wir für diese armen Teufel tun können: dass wir die Augen nicht vor ihrem Leid verschließen.« Er wandte sich an den Poeten: »Wer angesichts der Not unbeschwert genießt, ist genauso ein Scheusal wie die, die die Schuld an dieser Not tragen.«

»Und gleichzeitig«, erklärte Monika mit vollem Mund, »ist es unsere ethische Pflicht, die guten Sachen, die sich uns Märchenländern bieten, anzunehmen und zu genießen, denn die schlimmste Beleidigung, die ein Reicher einem Armen angedeihen lassen kann, ist es, seinen eigenen Reichtum gering zu achten!«

Volker aber hatte genug gesehen. Er sprang auf, behauptete, er habe noch ein Bügeleisen auf dem Herd oder irgendetwas in dieser Art, und machte sich aus dem Staub. An diesem Abend schrieb er das erste Märchen für Griseldis, das

Märchen vom König mit dem großen Herzen

Es war einmal ein König. Wie es sich für einen ordentlichen König gehörte, war er unermesslich reich, da er es geschickt verstanden hatte, den Schweiß seiner Untertanen in Gold zu verwandeln. Der König

lebte in einem Schloss, von dem alle Welt annahm, dass es aus purem Gold gebaut sei. In Wirklichkeit war es natürlich aus ordinärem Stein – so reich war er nun auch wieder nicht. Nur die zwanzig Zentimeter dicken Dämmplatten, mit denen die Fassade wegen der kalten Winter im Reich verkleidet war, bestanden aus dem edlen Metall.

Jeder andere an seiner Stelle wäre ein glücklicher Mann gewesen, allein, der König konnte seinen Reichtum nicht genießen, denn ihn dauerte das Leid seiner Untertanen. Jeden Tag stand er auf der Dachterrasse seines Schlosses und beobachtete mit Tränen in den Augen die armen Teufel außerhalb der Schlossmauern, die sich von früh bis spät abmühten, um seinen Reichtum zu mehren, und doch selbst kaum genug zum Leben hatten. Ach, ihre ausgezehrten Leiber, ihre Lumpen, ihre eingefallenen Wangen, all diese zerstörten Körper und verkümmerten Seelen lasteten schwer auf seinem Herzen. Des Nachts lag er in seinem Bett und weinte bitterlich, und keine seiner Mätressen konnte die Tränen schnell genug wegküssen, um ihm ein wenig Frieden zu schenken.

Eines Tages nun beschloss er, dass sich etwas ändern müsse, und schon bald trabten seine Herolde auf den schnellsten und stärksten Pferden des Reiches in alle Welt hinaus, um zu verkünden, der König wolle demjenigen, der ihn von seiner Trauer erlösen könne, sein halbes Königreich vermachen.

Trotz einer Klausel, die im Falle eines Misserfolges des Bewerbers die Entfernung der oberhalb des Halses gelegenen Körperteile mittels der damals üblichen, recht groben und unhygienischen Methoden der Amputationschirurgie vorsah, standen bald schon Gaukler, Narren, Zauberer, Barden und Rezitatoren Schlange vor des Königs Schlosse. Den ganzen Tag schlugen sie Purzelbäume, spuckten Feuer, sangen, tanzten, erzählten Witze und zeigten ihm lustige Katzenbilder. Einer zersägte gar eine Jungfrau (er hatte sie extra aus dem Nachbarland mitgebracht, da die einheimischen Jungfern so dünn waren, dass man sie genauso gut einfach durchbrechen konnte). Doch nichts vermochte den traurigen König aufzumuntern, denn nichts war auch nur halb so lustig, wie das tausendfache Schicksal seiner notleidenden Untertanen traurig war, und so kullerten die Köpfe der Bewerber gerade so wie die Tränen des Königs.

Eines Tages aber betrat eine alte Frau den Thronsaal. Ihr Leib war ausgezehrt, ihre Lumpen waren zerrissen, ihre Wangen eingefallen.

»Was wollt Ihr, Frau?«, fragte der König ungehalten, denn ihr jämmerlicher Anblick schien ihm nicht geeignet, seine Stimmung zu verbessern. »Wollt Ihr mir einen Witz erzählen? Für Elise *furzen?* Shades of Grey *mit Legofiguren nachstellen? Vergesst es, das hatten wir heute alles schon. Geht nachhause, und ich will Euch verschonen!«*

»Es tut mir leid«, seufzte die Alte. »Ich kann nicht gehen. Nicht bevor ich Euch berichtet habe, was mir aufgetragen wurde, mein König.«

»Aufgetragen? Von wem?«

»Von Euren herzalleruntertänigsten Untertanen, unter denen ich selbst die Geringste bin, Euer Majestät.« Und sie berichtete ihm, dass ebenjene Untertanen ebenfalls von des Königs Aufruf gehört hatten, und wie dieser Aufruf ihre Herzen mit Verzweiflung, ihre Seelen mit Kummer und ihre Augen mit salzigen Tränen gefüllt hatte. Welch eine schreckliche Entdeckung! Ihr König – unglücklich! Da schufteten sie nun tagein, tagaus ihr ganzes (im Übrigen meist ziemlich kurzes) Leben lang, da krümmten sich ihre Rücken, trübten sich ihre Augen, lockerten sich ihre Zähne lange vor der Zeit – alles zu seinem Wohle. Und nun mussten sie erfahren, dass all ihr Tun und Machen und Leiden ganz umsonst war, dass sie versagt hatten, da es ihnen nicht gelungen war, ihren König glücklich zu machen. »Das Einzige, was unsere traurigen Leben erträglich machte, war der Gedanke, dass sie nicht verschwendet waren, alldieweil wir unserem König den Himmel auf Erden bereitet haben! Und nun hören wir, wie traurig Ihr seid und dass alles vergebens ist!«

Die alte Frau brach ab und in Tränen aus. Auch der König weinte nun, doch diesmal nicht aus Mitleid, sondern aus Scham und Dankbarkeit.

Von jenem Tag an aber klagte der König nie wieder über das Leid seiner Untertanen, sondern genoss seinen Reichtum in vollen Zügen, um auf diese Weise die Arbeit und Not seiner herzensguten Untertanen zu würdigen und zu ehren.

Was das halbe Königreich betrifft: Nun, die Alte erhielt es selbstverständlich nicht (es gab da irgendwelche Paragrafen im Kleingedruckten des königlichen Aufrufes), doch da die Welt nun endlich in Ordnung war, konnte niemand darin etwas Schlechtes sehen.

»Welch seltsames Märchen!«, rief das Flaschenputtel, als es am Abend Volkers Geschichte hörte. »Doch du hast dir dein Bier redlich verdient! Komm wieder, wenn du ein neues Märchen hast!«

Und so beschloss der arme Poet, der in Wahrheit ein verwunschener Prinz war, am nächsten Tage die alte Frau Schlibrowski aus der Parterrewohnung zu besuchen, die sich in ihrer Einsamkeit sicher über Besuch freuen würde. Ganz sicher jedoch konnte er nicht sein, denn etwas Böses ging von ihr aus.

Wann immer er ihr tagsüber im Hausflur begegnet war, hatte sie mit gesenktem Blick einen Gruß gemurmelt, vielleicht auch einen Fluch, das war kaum zu verstehen gewesen, und hatte dann aufs Garstigste mit ihrem kleinen weißen Hündchen geschimpft, das mal gefälligst hinnemachen, sich endlich ausmehren solle und wohl glaube, sie habe ihre Zeit in der Lotterie gewonnen. »Los jetzt, hopp, hopp, ich werd dir gleich, Sportsfreund!«, scheuchte sie es mit gut gezielten Tritten in ihre Wohnung oder hinaus auf die Straße.

Und so klingelte Volker mit etwas bangem Herzen. Allein, die alte Frau war nicht daheim, und so beschloss er, den sonnigen Nachmittag zu nutzen, um stattdessen einen Kaffee vor der Bäckerei am Ende der Straße zu trinken. Wie der Zufall es wollte, saß ebendort Frau Schlibrowski, und so setzte er sich an den Nachbartisch, um sie bei Gelegenheit anzusprechen. Vor sich hatte die alte Frau eine Streuselschnecke, die sie, anstatt sie zu essen, in kleine Teile brach, um damit die Spatzen zu füttern. Bald war ihr Tisch von einer zwitschernden Wolke umringt; die Vögel landeten auf dem Tisch und liefen zwischen ihren Füßen herum. Ihren Hund hatte sie auf dem Schoß, und wann immer er sich aufsetzen wollte und sehnsüchtig auf eins der Streuselstückchen schaute, schlug sie ihm mit der flachen Hand auf den Kopf und knurrte »Sitz! Wirst du wohl Sitz machen, du …«

Und wehe, eine Taube näherte sich dem Tisch! »Hau ab, du Flugratte, du Stinker, ich reiß dir den Kopf ab, du Drecksvieh«, zischte sie mit hasserfüllter Stimme. Sie trat mit den Füßen nach dem armen Vogel und kreischte »Ksch! Ksch! Ksch!«, womit sie freilich auch die Spatzen verscheuchte. »Na warte!«, rief sie, griff nach einer Zeitung, die ein anderer Gast liegen gelassen hatte, rollte sie zu einem Schlagstock und machte sich bereit, der Taube bei nächster Gelegenheit die Hölle heißzumachen. Und bald schon kam die Taube zurück, die Alte holte aus und schlug nach ihr, doch war sie viel zu langsam, und die Taube entwischte. »Ich krieg dich noch«, versprach die alte Frau der Taube und schlug mit der Zeitung stattdessen nach ihrem Hündchen, das meinte, nun, da die Vögel fort waren, vielleicht doch ein Streuselchen ergattern zu können. »Wirst du wohl, du … ich werd dir gleich!«, keifte sie, und der kleine Hund duckte sich wimmernd unter ihren Schlägen.

Volker, der Poet, der in Wahrheit ein Prinz war, aber hatte genug gesehen. Er stürzte seinen Kaffee hinunter und ging. In dieser Nacht erzählte er dem Flaschenputtel das

Märchen von der schönen Müllerstochter

Vor vielen, vielen Jahren, vielleicht war es auch gestern, da lebte in einem fernen Land eine schöne Müllerstochter. Nie hatte sie Sorgen gekannt, denn die Mühle des Vaters warf genug Geld ab, um ihr ein Leben zu ermöglichen, das dem der Prinzessinnen im Schlosse des Königs in nichts nachstand. Kurz nach ihrem 16. Geburtstag jedoch nahm ihr Schicksal eine schreckliche Wendung: Der Vater wurde krank, und als er spürte, dass sein Ende nahte, rief er seine Tochter ans Sterbebett, um Abschied zu nehmen und ihr einen letzten Rat mit auf den Weg zu geben: »Die Mühle wird dir ein Leben ohne Not ermöglichen – doch nimm dich in Acht vor den Männern!« Mit diesen Worten starb er.

Die schöne Müllerstochter aber verstand ihn nicht und schlug seinen Rat in den Wind. Was sollten die Männer ihr schon tun?

Fraßen sie ihr nicht alle aus der Hand? Überhäuften sie sie nicht mit Geschenken in der Hoffnung auf einen kleinen Kuss? Waren sie nicht Wachs in ihren Händen? So dachte sie und nahm sich die Männer und vergnügte sich mit ihnen und sonnte sich in ihrer Liebe und ihrem Begehren. Doch das böse Ende ließ nicht lange auf sich warten, und irgendwann, als der Gerichtsvollzieher sie aus der Mühle warf, weil der fünfte Ehemann die längst heruntergekommene und hochverschuldete Mühle für eine Flasche Schnaps versetzt und sich mit dieser zu Tode gesoffen hatte, wurde ihr bewusst, dass all die Männer, die sie umschwärmt hatten, nur an drei Sachen interessiert gewesen waren: der Mühle und ihren beiden einst so schönen Brüsten. Und nun, da das eine verloren war und die beiden anderen sich müde der Schwerkraft ergeben hatten, blieben die Verehrer aus, und die anderen Frauen des Dorfes zerrissen sich das Maul über die gar nicht mehr so schöne Müllerstochter, die es sich selbst zuzuschreiben habe, dass sie nun allein, arm und verbittert in einer windschiefen Kate hausen musste.

Die Müllerstochter aber zog sich von den Menschen zurück, vernachlässigte ihr Äußeres, magerte ab und wurde alt.

Und in ihrem Herzen wuchs der Hass.

Und irgendwann fasste sie einen Plan. Von nun an sah man sie täglich zum Tierheim des Dorfes pilgern, und wann immer dort ein kleines Hündchen auf ein neues Herrchen oder Frauchen wartete, nahm sie es zu sich. Bald lebten Dutzende Hunde bei ihr, und die Müllerstochter tat alles, um sie glücklich zu machen, mindestens so glücklich, wie sie selbst einst gewesen war. Und während sie sich selbst jeden Leckerbissen, jede kleine Freude versagte, gab sie jeden Taler ihrer bescheidenen Rente für das edelste Hundefutter und die schönsten Hundespielzeuge aus und widmete sich von ganzem Herzen der Aufgabe, ihnen ein traumhaft schönes Hundeleben zu bereiten. Oh, und die Hunde waren glücklich; nie hatte man im Märchenland glücklichere Tiere gesehen!

Alle paar Tage aber nahm die Müllerstochter eins der Hündchen auf den Arm, ging mit ihm in die Küche und hackte ihm dort den Schwanz und ein oder zwei Beine ab.

Dann sah sie zu, wie das arme Tier langsam und qualvoll starb.

Denn die Müllerstochter hatte beschlossen, sich zu rächen. Für all das Unglück, das ihr widerfahren war. Für die Einsamkeit, die Verzweiflung und die Demütigungen. Sie hatte mehr als genug Hass angesammelt, jetzt sollten sie büßen, die Glücklichen und Gesunden! Jetzt sollten sie sie mal kennenlernen!

Allein, sie war alt und schwach, ihre Gesundheit schon zu angegriffen, als dass sie es mit den Menschen des Dorfes hätte aufnehmen können, und deshalb zog sie sich selbst kleine, glückliche Wesen heran, deren Glück sodann wieder zu zerstören ihr der einzige Weg schien, das Gerechtigkeitskonto der Welt etwas auszugleichen und ein wenig Genugtuung zu erfahren.

Doch etwas lief schrecklich falsch. Denn um wirklich glücklich zu sein und somit ihr schreckliches Ende zu verdienen, mussten die Hunde geliebt werden, und wer sollte sie lieben, wenn nicht die Müllerstochter selbst?

Und so flossen in der kleinen, muffigen Kate nicht nur das Blut der geliebten Hunde, sondern auch die Tränen der alten Frau reichlich, und wenn die Müllerstochter noch nicht gestorben ist, kann man nur hoffen, dass sie es bald tut!

»Welch trauriges Märchen!«, rief das Flaschenputtel, als es am Abend die Geschichte hörte, und fragte sich für einen kurzen Moment, ob sie es vielleicht der einsamen Müllerstochter gleichtun sollte. Hatte sie nicht ebenso wie jene allen Grund, die Glücklichen zu hassen? Schnell verbat sie sich den Gedanken, denn eines Tages würde sie ihren Prinzen und damit ihr Glück finden! Außerdem mochte sie keine Hunde. »Du hast dir dein Bier redlich verdient! Komm wieder, wenn du ein neues Märchen hast!«

Und so besuchte der Prinz am nächsten Tage den Fernsehmenschen, der im prächtigen Dachgeschoss seines Mietshauses wohnte, und nichts so sehr verachtete wie die Zuschauer, die sich seine Sendungen anschauten, und am Abend kehrte er mit einem neuen Märchen in die Kneipe zurück, dem

Märchen vom lieben König und dem bösen Monster

Es war einmal ein König, der hatte alles, was ein König so braucht: Krone, Thron und Zepter, einen Rauschebart und natürlich auch ein Königreich. Es war zwar kein besonders großes Königreich, aber doch ein recht schönes. Es gab einen Berg und einen Wald und einen klitzeklitzekleinen Ozean und Felder und Wiesen und Blumen und tirilierende Vögel und sogar ein gelbes Telefonhäuschen. Der König hätte also glücklich und zufrieden sein können, wenn, ja wenn das Königreich nicht von einem Monster heimgesucht worden wäre, ein Monster, gar schröcklich anzuschauen, mit vielen, vielen Köpfen, einer hässlicher als der andere, mit vielen Mäulern voller Zähne, mit Tausenden gierigen Augen und grabschenden Händen und unzähligen Geschlechtsorganen jeder Form und Größe. Und das Monster war unersättlich und weithin bekannt als: das Volk.

Jeden Morgen stand es vor dem Schloss des Königs und rief »Wir sind das Volk!«, obwohl der Pluralis Majestatis doch einzig dem König zugestanden hätte. Und der König, der sich nicht zu helfen wusste, öffnete sein Schlafzimmerfenster und rief: »Was willst du, Volk?« Und das Volk rief: »Wir wollen eine funktionierende Gesundheitsversorgung!«, und der König seufzte und erließ schweren Herzens ein entsprechendes Gesetz in der Hoffnung, auf diesem Wege das Monster zu besänftigen. Doch am nächsten Tag stand es schon wieder vor dem Schloss und rief: »Wir wollen nur noch sechzig Stunden pro Woche arbeiten!«, und der König gewährte ihm auch diesen Wunsch. Am nächsten Tag aber wollte das Monster Spielplätze, am übernächsten eine Rentenversicherung und am überübernächsten eine Autobahn. »Aber du hast doch gar kein Auto!«, rief der König kopfschüttelnd, und das Volk haute sich die Hände vor die Stirnen und rief: »Stimmt ja! Gib uns Autos! Und Fernseher!« Und der König baute eine Autobahn und gab dem Monster Autos und Fernseher und produzierte in seiner Freizeit sogar eigens ein pädagogisch wertvolles Fernsehprogramm für das Volk in der Hoffnung, es auf diese Weise von sei-

ner Bösartigkeit und Habgier zu heilen, denn er war ein lieber König und glaubte an das Gute in jedem Menschen und sogar jedem Monster. Am nächsten Tag jedoch stand das Volk wieder vor dem Schloss und brüllte aus all seinen Kehlen. Es wollte noch mehr Fernsehsender, und diese sollten nur Schmutz und Unrat senden, denn etwas anderes interessierte das Monster nicht! »Und Internet wollen wir auch! Mit Pornos drin!« Und der König gewährte ihm auch diesen Wunsch.

Nun sollte man meinen, dass das Monster dem König dankbar war, doch Pustekuchen! Immer mehr und mehr wollte das nimmersatte Volk. Und zum Dank malte es Karikaturen, auf denen der liebe König als blutsaugender Vampir dargestellt wurde, und als er sich einmal das Brot ein bisschen dicker als sonst mit Margarine beschmierte, nickte das Monster wissend mit den Köpfen und murmelte: »Dafür hatter Geld!«, und dann biss es mit tausend triefenden Mäulern in die Kaviareier, Trüffel und Hummer, die der König ihm gegeben hatte.

Doch lange konnte es so nicht weitergehen. Das Monster wollte immer mehr und mehr, und bald konnte der König die Leasingraten für das Königreich nicht mehr bezahlen – er war nie ein besonders reicher König gewesen, deshalb hatte er sich für dieses Finanzierungsmodell entschieden.

Und so blieb dem König schließlich nur noch ein Ausweg. Gramgebeugt schlich er zum gelben Telefonhäuschen und rief einen Drachentöterservice an. Dieser schickte auch gleich einen Mitarbeiter vorbei. Der sah sich die Bescherung kurz an, dann machte er sich beherzt ans Werk. Kopf um Kopf schlug er dem Monster ab, bis nur noch ein einziger, klitzekleiner Kopf übrig war. Da aber hielt er inne, gab dem König sein Schwert und hieß ihn, das Werk zu vollenden. Der König starrte ihn entsetzt an: »Nein, nein, ich will das nicht! Machen Sie das!« Doch der Drachentöter blieb hart: »Ihr müsst es tun, Majestät! Damit Ihr auch etwas lernt aus der Geschichte und es nie wieder so weit kommen lasst!« Und so schlug der König dem Monster den letzen Kopf ab, beherzigte fortan den Rat des Drachentöters und lebte glücklich und zufrieden in seinem kleinen Königreich.

»Welch schreckliches Märchen!«, rief das Flaschenputtel, als es am Abend die Geschichte hörte. Die Nächte an der Bar mit dem traurigen, armen Poeten waren ihr längst zu den schönsten Stunden in ihrem Leben geworden, und wenn er ihr seine wundersamen Märchen erzählte, vergaß sie manchmal sogar für ein paar Momente ihren geliebten Prinzen. Doch dies durfte sie nicht zulassen, und so schwor sie sich eines Tages, ihrerseits dem Poeten ein Märchen zu erzählen, das Märchen vom Flaschenputtel, das den verwunschenen Prinzen erlöste. Dem armen Poeten aber würde sie gleich nach ihrer Hochzeit mit Prinz Norbert eine Beamtenstelle als Oberster Königlicher Märchenerzähler verschaffen, auf dass auch seine Geschichte einen glücklichen Ausgang nähme. »Du hast dir dein Bier redlich verdient! Komm wieder, wenn du ein neues Märchen hast!«

Und so klingelte Volker am nächsten Tag bei Herrn Grantig, der allein in der Wohnung unter ihm wohnte; ein krummes Männchen mit Halbglatze und Bierbauch, das stets mit hellblauen Jeans, bunter Windjacke und einer Lidl-Tüte unterwegs war.

Während er aber an der Tür wartete, wurde er sich immer unsicherer, ob Herr Grantig wirklich ein guter Kandidat für ein Märchen war. Eigentlich nämlich stand dem Dichter der Sinn nach einer Geschichte, die von Liebe und Romantik handelte, hatte er sich doch geschworen, sein Werben um das Herz des Flaschenputtels von nun an etwas direkter anzugehen. »Bei Grantig klingeln ist 'ne Schnapsidee!«, dachte er, und offenbar dachte er es laut, denn in diesem Moment öffnete sich die Tür und Grantig sagte: »Na und? Schnaps ist doch 'ne gute Idee! Wollnse einen?«

»Ähm, vielleicht eher Kaffee?«, antwortete der Dichter.

»Na kommse erstmal rein, find ich ja gut, dasse mal vorbeischauen, wollt Sie auch schon längst besuchen, Sie sind doch ooch Ostler, oder?«, sagte er und ging voran. »Wir müssen doch zusammenhalten!«

In der Wohnung roch es muffig, nach altem Rauch und abgestandener Hoffnung.

»Kommse, kommse!«, rief er und führte seinen Besucher ins Wohnzimmer. »Setzense sich doch«, sagte er und wies auf eine

Couch, vor der auf einem schmierigen Glastisch Aschenbecher, Bierdosen und … Dinge ihr Dasein fristeten. Er nahm einen halb vollen Eimer Kartoffelsalat von der Couch und stellte ihn in eine Zimmerecke. Der Poet setzte sich, leise »Danke« murmelnd, während Grantig in der Küche verschwand. Wenige Augenblicke später kam er mit zwei Pappbechern und einer Flasche Korn zurück.

»Ich möchte um die Uhrzeit eigentlich wirklich keinen …«

»Ach kommse, einen, auf gute Nachbarschaft!«

Und Volker zuckte mit den Schultern. »Okay, einen«, sprach er und nahm den gefüllten Pappbecher entgegen.

»So. Prost.«

»Prost.«

»Und Ihre Freundin?«

»Ich habe keine Freundin.« Noch nicht, fügte er in Gedanken an.

»Neulich war so 'ne Frau bei Ihnen, hab ich gesehen, gar nich schlecht, das Mädel, nicht so ganz mein Fall, so rein körpermäßig, zu kurze Beine, vor allem viel zu alt, aber jedem Topf sein Deckel.«

»Ach, die war nur von den Zeugen Gandalfs.«

»Ach so. Also Single. Ich ja auch. Also zurzeit. Also seit 18 Jahren. Da hat mich meine Rita verlassen.«

»Ach, das tut mir leid.«

»Leid? Heilige Scheiße, war ich froh. Eigentlich wollte *ich sie* verlassen, aber wissense, ich hab 'n weiches Herz, ich hab's nicht geschafft, sie vor die Tür zu setzen, es tat mir so leid für sie. Hab ich ihr also das Leben zur Hölle gemacht, bisses endlich kapiert hat und von selbst gegangen ist. So warse wenigstens auch nicht traurig über die Trennung, verstehnse?! Ich war halt schon immer zu gut für diese Welt. Und zu gut für Rita sowieso.«

»Ähm. Ja.«

»Ich meine, die war ja eigentlich ganz okay, aber ganz okay is halt einfach nich genuch, das hat vielleicht früher gereicht, aber heute hat man halt andre Ansprüche, nich wahr? Ich meine, sie war ja ganz niedlich, aber keene echte Schönheit. Hintern zu groß, Brüste zu klein, irgendwann auch nicht mehr ganz taufrisch, da musste ich die Notbremse ziehen. Man lebt schließlich nur einmal, da kann man sich nich mit irgendwas zufriedengeben, da muss es das Beste vom Besten sein, weil: Geile Bräute kriegste nur in die Kiste, solange du nich selbst drinliegst, haha, und was anderes als geile Bräute kommt mir nich mehr ins Bett, verstehnse. Prost!« Und Grantig kippte sich seinen Schnaps hinter die Binde, der Dichter aber den seinen bei dieser Gelegenheit in ein offenes Wiener-Würstchen-Glas auf dem Couchtisch. »Ahhhh«, sagte der Gastgeber und goss nach.

»Ich hab mich damals an Rita verschwendet, dis passiert mir nich nochmal. Da lass ich's lieber ruhig angehen. Wenn ich jetzt eine sehe, die mir gefällt, stürz ich mich nich gleich drauf, sondern warte erstmal ab. Und bis jetzt hab ich noch jedes Mal innerhalb von zwei, drei Tagen 'ne Bessere gesehen. Die Welt ist ein Feinkostladen, mein Freund, da will ich doch nicht auf trockenem Zwieback rumkauen.« Er zündete sich eine Zigarette an und blies den Rauch genüsslich aus. »Hab ich ja neulich auch gelesen, dass jeder Mensch vollkommen einzigartig ist, keiner wie der andere, verstehnse? Is genetisch bewiesen. Und niemand kann von einem einzigartigen Mann wie mir erwarten, dasser sich mit der erstbesten Durchschnittstrulla zufriedengibt.«

Der Blick des Dichters fiel auf ein Erotik-Heft auf dem Boden neben der Couch. »Recherche«, zwinkerte Grantig ihm zu.

»Und wenn Sie die Richtige gefunden haben, was dann?«, begehrte der arme Poet zu wissen.

»Na dann geht's ab. Das ganze Programm. Blumen, Spaghetti bei Kerzenschein – bin ja kein Unromant –, und wennse dann auch noch im Bett gut ist: Hochzeit. Dis wird schön. Wie im Märchen.« Grantig prostete ihm zu, und als er den Kopf nach hinten warf, kippte der Poet auch den zweiten Schnaps zu den Würstchen.

Im Übrigen hatte er genug gehört; er verabschiedete sich, versprach mit hinter dem Rücken gekreuzten Fingern, bald wiederzukommen, und ging.

Und an diesem Abend schrieb er ein Märchen über echte Liebe, die allen Widrigkeiten trotzt, allen Anfeindungen standhält, allen billigen Versuchungen widersteht, das

Märchen von der ewigen Liebe

Es war einmal ein Prinz. Als er in das entsprechende Alter kam, wollten seine Eltern ihn verheiraten, doch welche Prinzessin sie ihm auch vorstellten, er lehnte sie alle ab. Die eine war ihm zu dick, die andere zu dünn, zu dumm, zu klug, zu hell, zu dunkel – immer gab es etwas, das ihm nicht passte. Erwartete er denn wirklich zu viel? Alles, was er wollte, war doch einfach nur die schönste Frau der Welt, ja, in die schönste Frau der Welt würde er sich auf der Stelle verlieben, aber in keine andere. Der König und die Königin waren verzweifelt, und endlich platzte dem König die Hutschnur. Beziehungsweise die Kronenschnur. Beziehungsweise die Kronennaht, denn Kronen haben gar keine Schnur, sondern nur eine Schweißnaht. »Höre, mein Sohn, die nächste Bewerberin wirst du heiraten, wer auch immer sie ist, und handele es sich bei ihr auch um die Prinzessin Drosselbart!«

Der Prinz erschrak, doch er musste sich dem Befehle seines Vaters beugen. Mit bangem Herzen schlich er in den Thronsaal, als einige Tage später eine neue Bewerberin das Schloss besuchte. Doch wie hüpfte sein Herz vor Freude, als er sah, dass ausgerechnet diese letzte Prinzessin die schönste Frau der Welt war. Puh, das war ja noch mal gut gegangen, er verliebte sich auf der Stelle und bat noch am selben Tag um ihre Hand.

Und bald feierten sie Hochzeit, und in der Hochzeitsnacht ließen die ekstatischen Schreie der Lust, die aus dem Hochzeitsgemach drangen, im ganzen Königreich niemanden zur Ruhe kommen. Als die beiden aber ermattet auf den Laken lagen, sagte der Prinz zu seiner Prinzessin: »Ich liebe Euch, denn Ihr seid die schönste Frau der Welt.« Da lächelte sie: »Mein Prinz, Ihr seid ein Dummerchen, es ist genau andersherum: Ich bin für Euch die schönste Frau der Welt, eben weil Ihr mich liebt.« Dann wurde ihr Blick traurig. »Und eines Tages, spätestens wenn das Alter die ersten Spuren an mir hinterlässt, werdet Ihr mich nicht mehr ganz so doll lieben, und dann werdet Ihr überall Frauen erblicken, die Euch schöner und begehrenswerter erscheinen als ich. Ihr werdet den Mägden nachstellen und blutjunge durchreisende Prinzessin-

nen verführen. Ich aber werde immer älter und verbitterter werden. So seid ihr Prinzen nun einmal, und so ist das Los von uns Prinzessinnen …«

»Nein«, rief da der Prinz erschrocken. »Niemals! Diese Liebe wird ewig währen, wie auch Eure Schönheit, und sei es auch nur in meinem Herzen! Nie werde ich eine schönere Frau als Euch erblicken!« Und er griff nach zwei Stricknadeln, die eben noch eine pikante Rolle in einem ihrer exotischeren Liebesspiele gespielt hatten, und stach sich beide Augen aus, denn blind vor Liebe wollte er sein, blind für alles, was diese Liebe gefährden konnte. Und so lebten die beiden glücklich bis an ihr Lebensende, obwohl sich der Prinz zwischenzeitlich noch die Hände abhacken musste, um die ersten Falten am Körper seiner Geliebten nicht zu spüren, ansonsten aber waren sie wirklich sehr, sehr glücklich, und der Prinz wurde ein weiser und gerechter König.

»Welch herzzerreißend schönes Märchen!«, rief Griseldis, das Flaschenputtel, als es am Abend die Geschichte hörte, und in ihren Augen glomm ein Funke, den der arme Poet dort noch nie gesehen hatte. Wenn ich ihr von nun an nur noch Märchen voller Liebe erzähle, wird sie schließlich auch mich lieben! Meine Geschichten werden die trojanischen Pferde sein, denen sie ahnungslos die Tore ihres Herzens öffnet. Einmal eingelassen aber, werden meine Worte ihre Verteidigungsstellungen überrennen; Troja wird fallen und Griseldis in meine Arme sinken! So dachte der Prinz, nicht wissend, dass Griseldis' Augen nur funkelten, weil sie den Prinzen ihres Herzens (der ja tatsächlich in die Form eines armen Dichters gegossen vor ihr stand, den sie aber nicht erkennen konnte) im Prinzen aus dem Märchen des Poeten zu erkennen geglaubt und sich selbst in dessen Arme geträumt hatte. (Nicht zuletzt wegen solcher Verwicklungen und der sich bei ihrer Beschreibung auftuenden Probleme ist das Verzaubern von Menschen inzwischen weltweit geächtet.)

»Du hast dir dein Bier redlich verdient und eine Büchse Wodka noch dazu! Komm bald wieder und bringe mir ein neues Märchen, und lass auch dieses von der Liebe handeln!«

Beschwingt ging Volker nachhause, legte sich frohgemut ins Bett und dachte an all die schönen Dinge, die sich in ebendiesem Bette abspielen würden, wenn erst Griseldis es mit ihm teilte. Da aber hörte er Stimmen, wütende Stimmen, gemeine Stimmen, die Stimmen des verarmten adligen Ehepaares, das in der Wohnung direkt neben seiner wohnte. »Wie kommst du denn da auf einmal drauf? Was soll denn das jetzt?!«, rief der Mann. »Das hab ich dir schon tausendmal gesagt, aber du hörst mir ja nie zu!«, antwortete die Frau, und so ging es weiter in einem fort: »Das hast du mir noch gar nicht gesagt! Und *du* hörst immer nicht zu! – Na und, du erzählst doch sowieso nur Mist! – Nein, du bist bloß zu blöd, um zu verstehen, was ich sage! – Nein, du bist zu blöd, um zu verstehen, was *ich* sage! – Wenn du nicht solchen Blödsinn reden würdest, würde ich dich auch verstehen! – Da müsstest du erstmal ein Gehirn haben, um mich zu verstehn! Aber du bist ja so blöd, dass du sogar das Nutella immer in den Kühlschrank stellst! – Wie kommst du denn da auf einmal drauf? Was soll denn das jetzt? – Das hab ich dir schon tausendmal gesagt …« Wohl eine halbe Stunde ging es derart hin und her, gelegentlich untermauerte ein zerspringender Teller oder eine knallende Tür die Argumente der einen oder anderen Seite, bis schließlich das Zuschlagen der Wohnungstür und die schweren Stiefeltritte des davoneilenden Mannes im Treppenhaus den Disput beendeten.

Den Dichter in seinem Bette aber hatte der Streit nachdenklich gestimmt. In wie vielen Wohnungen des Märchenlandes hatte sich wohl Ähnliches abgespielt heut Nacht? Wie ertrugen die Menschen es, ohne Liebe und Verständnis füreinander miteinander ein Leben zu fristen? Hatten sie die Suche nach der einen Seele, die ganz zu ihrer eigenen passte, vorzeitig aufgegeben? Hatte Herr Grantig trotz all seiner Primitivität und Dummheit doch recht, wenn er lieber auf »die Richtje« wartete, als sich einzig aus Angst vor der Einsamkeit mit jemandem zusammenzutun?

Und am nächsten Tage setzte er sich an seinen Küchentisch und schrieb ein Märchen über zwei Menschen, die in einer Welt, in der niemand den anderen verstehen will, zueinanderfinden, weil sie zueinandergehören, das *Märchen vom Mädchen mit dem Rohr im Ohr und dem Jungen mit dem Löffel im Hals*.

Doch welch Schreck durchfuhr ihn, als er des Abends von Vorfreude erfüllt in die Kneipe eilte und an Griseldis' statt die Stiefmutter hinter der Theke entdeckte! Bangen Herzens erkundigte er sich nach dem Verbleib des Mädchens. Die böse Frau aber spuckte Gift und Galle, als er ihren Namen nannte. »Die blöde Kuh!«, keifte sie. »Hat mich bestohlen, das undankbare Stück! Hat irgendeinem armen Schreiberling Biere spendiert! Da habe ich sie nun aufgezogen, als wäre sie meine eigene Tochter, hab ihr eine schöne, sichere Arbeitsstelle in meiner Kneipe verschafft, und sie – sie betrügt mich nach Strich und Faden! Fort habe ich sie gejagt! Soll sie sehen, wo sie bleibt! Soll sie doch auf den Strich oder vor die Hunde gehen, mir ist es gleich! Von mir aus soll sie ihren blöden Prinzen suchen.«

Da stürmte Volker, der nicht ahnte, dass niemand anderes als er selbst jener »blöde Prinz« war, eilig aus der Kneipe, damit die Stiefmutter seine Tränen nicht sah.

Das Flaschenputtel aber streifte tagelang hungrig durch die Stadt. Es versuchte etwas Geld zu verdienen, indem es am Werkstor der großen Flugbesenfabrik Schwefelhölzchen zum Kauf anbot. Die Arbeiter hatten aber alle ein Feuerzeug.

Einzig die Liebe und ihr fester Glaube an die Prophezeiung ihrer Mutter bewahrten Griseldis vor der völligen Verzweiflung.

Voll düsterer Gedanken saß Griseldis eines Tages am Fluss und wünschte, wenn schon nicht der Prinz, dann säße wenigstens der Dichter jetzt neben ihr und erzählte ihr eines seiner wundersamen Märchen.

Da trat ein alter, hässlicher Mann zu ihr. Er stank nach billigem Fusel und Igittipfui und sprach sie an mit einer Stimme wie ein quietschendes Türschloss: »Hey, du bist doch das Flaschenputtel! Suchst du noch immer nach Prinz Norbert, um ihn von seinem Fluch zu erlösen? Voilà! Hier bin ich! Schau nur, eine Hexe hat mich in einen alten, hässlichen Mann verwandelt!«

Konnte es sein?, fragte sich Griseldis bang. Natürlich konnte es sein, beantwortete sie sich die Frage. Es konnte nicht nur sein, es musste sein, denn sie hatte lange genug gelitten! Endlich hatten sie sich gefunden, und ein Kuss auf diese rissigen, von einem nikotinfleckigen Strubbelbart umkränzten Lippen wäre ein geringer Preis für eine glückliche Zukunft.

Und sie schloss die Augen, legte den Kopf in den Nacken und flüsterte: »Küss mich, und ich erlöse dich.«

Der Alte jedoch fasste sie grob an die Schultern und schüttelte sie: »Bist du wirklich so blöd, wie deine Stiefmutter erzählt?! Ein Kuss?! Mann Mädel, ich glaub, du hast zu viele schlechte Märchenbücher gelesen! Ein Kuss hat vielleicht vor hundert Jahren noch gereicht, um verzauberte Prinzen zu erlösen, aber inzwischen haben die Hexen viel stärkere Zaubersprüche entwickelt! Du musst mir schon mindestens einen blasen, um mich vom Fluch zu befreien, hehehe!« Und er lachte böse und nestelte sich am Hosenstall herum.

Da aber wusste das Griseldis, dass er sie belogen hatte, denn in der Magie galt nicht nur der Satz von der Erhaltung der Masse und Energie, sondern auch von der Erhaltung des Herzens. Man konnte einen jungen Prinzen in einen alten Mann verwandeln, nicht aber einen klugen, herzensguten und feinsinnigen Menschen in einen dummen und bösen Grobian.

Und so floh sie den garstigen Greis. Allein, ihr Lebensmut und ihr Glaube an ein glückliches Ende blieben im Modder zu Füßen des Alten zurück, erstickten in seinem Mundgeruch, fielen unter den Salven seines Gelächters wie Ähren unter der Sense des Bauern.

Weinend suchte Griseldis sich ein einsames Fleckchen am Fluss, griff in einen kleinen Beutel, den sie um den Hals trug und holte ihre letzte und teuerste Habseligkeit hervor: eine kleine Phiole voller Gift. Sie setzte das Fläschlein an ihre Lippen und zögerte nicht länger. »So sei denn du mein Prinz, Tod«, hauchte sie, trank und sank dahin.

Doch weil dies kein schönes Märchen wäre, wenn die Geschichte an dieser Stelle enden würde, fand sie wenig später der arme Poet, der in Wirklichkeit ein Prinz war und unermüdlich nach ihr gesucht hatte. Am Ufer des Flusses sah er sie liegen; bleich und reglos, und er eilte zu ihr. Nur ganz schwach noch schlug ihr Herz und kein Atem kam von ihren Lippen, und so beugte er sich zu ihr hinab, um ihr seinen Atem einzuflößen – zum Glück hatte er eine Erste-Hilfe-Ausbildung genossen –, und als sein Mund auf dem ihren lag, da brach der Bann der Hexe, es machte leise »Bliding!«, und aus Volker dem Poeten wurde Norbert der Prinz. Und Griseldis erwachte ein letztes Mal und schaute in die Augen des Mannes, den sie so viele Jahre geliebt hatte. Der Prinz aber sank in ihre Arme, einen seltsamen Geschmack nach Mandeln auf den Lippen. Und so lebten sie glücklich bis ans Ende ihrer Tage, also noch ungefähr acht Sekunden lang, doch diese acht Sekunden waren so voller Glück und Liebe, dass sie ein ganzes Leben aufwogen.

DAS MÄDCHEN MIT DEM ROHR IM OHR UND DER JUNGE MIT DEM LÖFFEL IM HALS

Es war einmal ein Mädchen. Als es noch ganz klein gewesen war, hatte ein doofer Junge so schlimme Ausdrücke zu ihm gesagt, dass es auf der Stelle taub wurde, damit es so etwas nie wieder hören musste. Die Eltern des Mädchens gingen mit ihm zum Ohrenarzt, zum Gehirnarzt und zum Allesmögliche-Arzt, und die Ärzte arzteten wie verrückt an dem Mädchen herum, doch sie konnten nur einen kleinen Teil seiner Hörfähigkeit wiederherstellen. Mit Hilfe eines großen Hörrohres, das sich das Mädchen ans Ohr hielt, konnte es gerade einmal jede dritte Silbe hören. Wenn die Mutter des Mädchens zum Beispiel sagte: »Guten Morgen, mein Liebling«, hörte das Mädchen nur: »Gugenling.«

Zum Glück für das Mädchen und seine Mutter hatte es einen so langen Namen, dass es ihn nicht überhören konnte, wenn man es rief. Doof wäre gewesen, wenn es zum Beispiel Ulf geheißen hätte. Doch das Mädchen hieß Karin-Antoinette-Felicitas und wenn die Mutter den Namen rief, hörte das Mädchen »Kartofeltas« und wusste, dass es gemeint war.

Das Mädchen war oft traurig, denn es war sehr einsam, da in dieser schnelllebigen Zeit niemand die Geduld hatte, alle Silben dreimal zu sagen, damit es etwas verstehen konnte. Manchmal kam es auch zu schrecklichen Missverständnissen. Eines Tages sprach ein an sich netter Junge das Mädchen an. So nett war er, dass er sich vielleicht sogar die Zeit genommen hätte, jede Silbe dreimal zu sprechen, wenn er nur gewusst hätte, welche

Bewandtnis es mit dem Mädchen und dem großen Hörrohr gehabt hatte. Doch er hielt es für ein ganz gewöhnliches schwerhöriges Mädchen und sprach deshalb extra laut in das Rohr: »Hey, du, hast du Lust, im Bistro mit mir Kuchen zu essen? Eclair mag ich, aber du suchst aus – Quark, Kirsche, Plunder, Käsekuchen …« Doch das Mädchen verstand: »Hey, du bist mir zu eklig, du Quarkplunse!« Das Mädchen lief entsetzt davon, setzte sich auf einen Stein auf einer Wiese und weinte bitterlich.

Da aber kam ein anderer Junge des Wegs. Diesen Jungen nannten alle nur Loschka – »Löffel« – weil er, als er noch ganz klein gewesen war, einen Löffel verschluckt hatte, der ihm seither quer im Hals steckte. Ärzte hatten versucht, den Löffel zu entfernen, doch er klemmte so ungünstig, dass man dazu entweder den gesamten Kopf oder den gesamten Körper hätte abschneiden müssen, und das war in jenen Zeiten, in denen unser Märchen spielt, noch mit großen Risiken für den Patienten verbunden. Seit jenem Tag konnte der Junge nur noch in der Löffelsprache, oder, wie er selbst gesagt hätte: »der Lölöwöffelewelspralawachelewe« reden. Als er das weinende Mädchen sah, lief er zu ihm und bot ihm etwas von seinem Eis an: »Halawallolowo duluwu! Wiliwillst duluwu elewetwalawas volowon meileiweinelewem Eileiweis halawabelewen?« Für das Mädchen aber klang es beinahe wie: »Hallo du! Willst du etwas von meinem Eis haben?«, und es wunderte sich. Wahrscheinlich habe ich mich verhört, dachte es und statt zu antworten, weinte es einfach weiter.

Doch der Junge gab nicht auf. »Walawaruluwum weileiweinst duluwu?«, fragte er, und das Mädchen verstand: »Warum weinst du?« und schaute den Jungen erstaunt an. »Weil sich niemand die Zeit nimmt, mit mir zu reden!«

Der Junge nickte. »Dalawas kelewennelewe iliwich! Miliwir wililwill aulauwauch iliwimmelewer nieliewiemalawand zuluwuhölöwörelewen.« Und dann fragte er das Mädchen nach seinem Namen, und das Mädchen wischte sich die Tränen aus den Augen und antwortete: »Karin-Antoinette-Felicitas«, und der Junge wiederholte träumerisch: »Kalawariliwin-Alawantolowonelewettelewe-Feleweliliwiciliwitalawas, welewelch eileiwein schölöwönelewer

Nalawamelewe!« Und das Mädchen hörte: »Karin-Antoinette-Felicitas, welch ein schöner Name!«, und seine verheulten Augen strahlten den Jungen an. Der Junge dachte zuerst, es habe Drogen genommen, denn für gewöhnlich wurden die Augen der Zuhörer stumpf und teilnahmslos, wenn er sprach. Doch dann begriff er, dass das Mädchen ihm tatsächlich zugehört hatte. Und da sprang es auch schon auf, ergriff schüchtern seine Hand, und im nächsten Moment gingen die beiden händchenhaltend in den Sonnenuntergang, ihrem Glücke entgegen.

Volker Strübing bei Voland & Quist

Das Paradies am Rande der Stadt
Roman
208 Seiten
14,90 Euro (D)

Ein Ziegelstein für Dörte
Buch + CD
160 Seiten
14,90 Euro (D)

Mister & Missis.Sippi
mit Illustrationen von Mattias Seifert
Buch + CD
176 Seiten, zahlr. Abb.
16,90 Euro

Kloß & Spinne
DVD
140 min
13,90 Euro (D)